人生、しょせん運不運

古山高麗雄

草思社文庫

人生、しょせん運不運

1

長生きし過ぎました。生きるのもういいと思っていますが、死ぬわけにもいかず、あとどれくらいこうやって生きていることやらと思いながら過ごしています。

脳梗塞か心筋梗塞か、多分、循環器系統の病気で私は倒れて、独り暮らしだから倒れてもすぐには発見されずにいるだろう。暑い時期なら私の死体が発見されたときには、腐臭を放っているかもしれないなあ。その腐臭で発見されることになるかもしれない。そんな予想をしているのですが、私の予想、当たるかどうか。倒れるのは一、二年先か五、六年先か、時期についてはまったく予想ができません。

一寸先は闇と言いますが、今日、明日の自分のことがわかりません。来し方、行く末、と言いますが、自分の行く末については、もうさほど遠い先のことではなく、循環器系統の病気で死ぬだろうぐらいのことは言えても、それがどんなに短い行く末であろうと、何があるかわからない。私には、私のこれからの短い行く末については、とにかく短いことだけは確かでしょうぐらいのことぐらいしか言えない。

なにしろ、今年の誕生日には、満八十一歳です。八月六日のヒロシマ原爆の日が私の誕生日です。

八十一年も生きて来たのですが、この年齢はいわば、来し方ばかりの年齢です。どんなに短くても、生者には、行く末があり、来し方があります。ま、老人には来し方が多く、子供には行く末が多いのは当然ですが、以前、オリンピックの水泳競技で優勝した少女が、例のマイクをつきつけられて、オキモチは、をやられて、「今まで生きて来たうちで、一番シアワセ」と言ったテレビの画面を思い出します。

そうです、十四歳の少女にも、過去があるのです。だが、少女が、今まで生きて来て、などと言うと、なにかすわりが悪い。今までで一番、でなく、今まで生きて来て、と言ったのだったか、生きて来たうち、と言ったのだったか忘れましたが、生きて来ると言ったのが、すわりが悪く、またそういうところが子供の可愛らしさでもありました。

子供はそれでいいとして、老人に対して、老後のよき生き方だの、老いてもイキイキと生きる生き方だの、そういうことを言ったり書いたりする方がいらっしゃいます。頼んでもいないのに指導したがる質《たち》の人。あの思い上がりとお節介には閉口します。老人には、もうイキイキと生きる気持などない人もいる。いいじゃないか、イキイキでなくたって。クヨクヨだって、メソメソだって。いわゆるマカロニ人間にされてまで生き続けたい人もいるかもしれないが、そうでない人もいる。私はマカロニ人間にされてまで生きていたくはない。そういう状態になったら、体の自由が利かず、自殺もできないでしょう。そんな状態になったら自殺したいけどね。いや自殺というのは、私にはできません。私は怖い。けれども、自分で自分を殺すような怖いことができる人も大ぜいいるんですね。自殺をする人には、自分を傷つける怖さを上回る何かがあるわけでしょうね。それがどういうものであるか、私にはわかりません。

人の自殺の理由など知りようがありません。一昨年一九九九年、江藤淳が自殺しました。昨年は五十年来の旧友石山皓一が自殺しました。江藤や石山の気持の一端は想像できます。けれども、ほんの一端しか想像できないのです。そして、実はその一端さえ当たっているかどうかもわからないのです。

私は何もわからないなりに、自殺の怖さを上回るものは、たいていは苦しみなのかな、と想像します。あるいは自殺の恍惚などというものもあるのだろうか。

わかりません。人は思う、けれども、自分なりに思うだけで、他人のことはわからないのです。にもかかわらず、知ったかぶりを言っている。自分を傷つける怖さ、と言えば、私は戦場での自傷者のことを思い出します。あの自傷者についても、私は当たっているかどうかもわからない自分なりの想像をしています。自傷者というのは、自分で自分を傷つけて、戦傷者を装う人のことです。自分で自分を撃つのです。戦傷者になれば後方に退げてもらえるからそういうことをするのだそうです。しかし、戦傷であるか自傷であるかは、軍医が傷口を見れば一目でわかるのだそうです。

自傷がばれたら、その将兵は、本来なら軍法会議にかけられるところなのですが、戦場ではいちいちそんな面倒なことはしていられないので、生きて帰れないような場所、玉砕必至の前線などに送って、戦死をさせるのだ、と聞かされました。

死ぬのが怖くて、自傷者になったために殺される。そんな境遇では、自殺したくなる人も出て来ます。戦場のつらさから逃れるために、自殺した人も少なくありません。

死ねば楽になります。その楽を渇仰《かつごう》して、戦場の兵士などは自殺の怖さなど凌駕して自死したりもしましたが、人は、死ぬのが怖くて自傷者になったために殺される存在なのだということだけはわかります。ただし、自傷者一人々々の心の裡まではわかりません。また、死の楽を求めて自爆した戦場の兵士の自殺と三島由紀夫や江藤淳の自殺とでは、自殺と言っても色合が違う。けれども、どう違うかはよくはわかりません。

とにかく、わからないことだらけです。わからないことだらけで、結局私も、近々死んでしまいます。それでいいのだ、と思います。

わからないのは、短い将来や他人のことだけでなく、過去のことも、自分のことも、実は何もかもわかっていないのではないか、と思われます。

この年になると、過去を思い出すことぐらいしかすることがない。また、私は物書きだから、物を書くことしかすることがない。それで、ろくにわかっていないのに、過去を思い出しては、ああでもない、こうでもない、と思いながら私小説を書いているわけですね。

知人や友人についても、肉親についても、私にはどれだけのことがわかっているのだろうか。しばしばそう思って忸怩《じくじ》たる思いになります。私も知ったかぶりで書いているのです。その意識が、モデルのいる架空の小説のような私小説を、私に書かせているのかもしれません。そのモデルにした人たちは、もうほとんど死んでしまいました。両親も、妻も、旧友も。

以前、私の書いた小説に「螢の宿」というのがあります。もう二十年ぐらい前に書いた小説です。この小説には、両親と妻と私を主要なモデルにして、私が生まれてそこで育った朝鮮新義州のことや妻と所帯を持った駒込のことや、鹿児島高等女学校の生徒だったころの母のことや、私たち夫婦のことや、いろいろ書きましたが、登場人物の名は実名は使いませんでした。若干作り話も折り込みました。

私の父の名は古山佐十郎というのですが、村上助八郎という名にしました。母は、みとし、という名だったのですが、みのり、という名にしました。妻の明子は、千世。私の名は孝雄にしました。

二十年ぐらい前に書いた小説ですから、あれは私の六十歳のころの作品です。来し方もかなり、いろいろとあって、行く末もたっぷりある年配と言えば、四十代か五十代あたりではないでしょうか。

だが母は戦争前、昭和十六年の七月に五十一歳で死に、父は、敗戦直後、故郷の宮城県刈田《かつた》郡七ヶ宿《しちがしゆく》村で、六十四歳で死にました。

父は母に先立たれると開業医を続ける気持を失い、大正二年以来ほぼ三十年営んで来た病院を閉じて、昭和十七年に大分県別府に引き揚げた。別府に引き揚げたのは、そこに母の兄がいたし、温泉地だったからでした。父は別府の温泉病院に入院して、モルヒネ中毒の治療をしたようです。新義州で開業していたころ父は、連夜の往診に応じるのにモルヒネの力を借り、中毒になっていたのです。そして別府で中毒は治したものの、敗戦で無一物になって七ヶ宿へ帰ったのだそうです。

神国日本が戦争に負けるとは、父には考えられなかったようです。だから、朝鮮人の李さんに売った病院の代金を新義州の金融組合に預けて、その利子を毎月送ってもらい、引き揚げ後は、その金で生活していたのだそうですが、敗戦でその預金が一気に消滅しました。

そういう事情を私は、戦後復員してから姉に聞きました。父の死亡診断書も見せてもらいました。老衰と書かれていましたが、今に較べれば寿命の短かった時代でも、六十四歳で老衰というのは早過ぎるような気がします。

父が死んだ年は、私はBC級戦犯容疑者ということで、サイゴン——今のヴェトナムホーチミン市の監獄に入っていました。「螢の宿」には、サイゴンの監獄で知り合った友人が訪ねて来た話も書いています。父のことを聞かせてくれた姉も、復員後私を訪ねて来た獄友も、もう死にました。

この年になるまで、いったい私は、何人ぐらい、肉親や知人や友人たちに先立たれたでしょうか。何人ぐらいと言って、数を数えてみようなどとは思いませんが、とにかく、夥《おびただ》しい数の人が死にました。過去を振り返ることは、死者を思い出すことになります。

母が死に、妹が死に、父が死に、妻が死に、友人たちも、もう同世代の者はほとんど死にました。

付合いと言ってもいろいろあります。そのかたちもさまざまだし、長短深浅の違いもあります。

別に、付き合ったというわけではなく、しかし、多少なりと憶えている人もいる。顔も名前も憶えていないのに、なんとなく、少しばかり憶えている人もいる。あの新義州という小さな町の人々、軍隊で出会った人々、学校で顔を合わせた人々、仕事の関係で知り合った人々。戦友も級友も、今や生者は寥々《りょうりょう》たるものです。

戦場から生還した人たちが、もうほとんど死んでいる。

「螢の宿」を書いたころは、まだこんなには死んではいなかった。あれを書いたころは、今の私の娘の年で死んだ母や、二十歳で死んだ妹や、なにか脆弱な妻に、私は螢のイメージを重ねていたのです。それに戦争直後はこの国から螢が姿を消していて、私は恵まれていた子供のころの追憶を、もうなくなってしまったと思われたあの美しい光を発する昆虫に、感傷的に重ねてもいたのです。

私が初めて実物の螢を見たのは、七、八歳のころ、大分の宇佐八幡宮の境内で、でした。

今はお手伝いさんと言わなければいけないのだそうですが、私が子供のころ新義州の私の生家に来ていた女中さんが、別府の旅館に嫁いで女将になり、私の母はその旅館に、子供たちを行かせてくれました。先年死んだ長姉が、姉は私より八歳年長ですから、当時は十六、七だったはずですが、姉が引率して、私より三歳年長の兄と、私と、二十で死んだ私より三歳年下の妹と、その旅館に何日か泊まって、海へ行ったり、街の映画館が軒に吊している「四谷怪談」のお岩の人形を怖がりながら見に行ったりした記憶があります。その時期は夏休みだったはず、してみると螢はもう終わっていたわけで、多分私は、話を聞いただけなのに、見たように思っているのでしょう。

けれども、その翌年、別府のオジさんが、何百匹もの螢を釘で一面に空気穴をあけたボール箱で郵送してくれたのです。

螢など郵送できるものなのでしょうか。けれども本当に郵送してくれたのです。螢は半分生きていました。私は生きている螢は、蚊帳の中に放ち、死んだ螢は、裏の空地に墓を作って埋めました。

あの女中さんが女将になった旅館へきょうだい四人で行ったのは、一回だけだったと思います。毎朝、宿の窓の下に、パン屋とアイスクリーム屋の行商が来ました。パン屋さんから菓子パンを買ってもらったり、アイスクリーム屋さんからアイスクリームを買ってもらうのが楽しみでした。アイスクリーム屋は、アイちゃんのヒーヤヒヤと言いながら売りに来る。その売り声も面白く、新義州に帰ってから小学校の校庭で、ヒーヤヒヤと真似をしていたら、苗字は忘れたけれども、愛子という名の女の子から、コマちゃんのヒーヤヒヤと反撃をくらったことを憶えています。コマちゃんのヒーヤヒヤではアイスクリームと関係がなくなりますが、私は愛子ちゃんを怒らせてしまった。愛子ちゃんに言ったわけではなかったのですが、愛子ちゃんはひやかされたと思ったのです。

あのなんとか愛子ちゃんも、もし健在なら、私と同じ八十一歳ですが、まだ生きているでしょうか。

以前、「三田文学」の編集をしていて、今、野球で有名な横浜高校で教鞭をとっている三室さんが、あるとき急に、ぼくのオフクロは古山先生と小学校で同級だったんですよ、と言って、新義州小学校一年生の、あの先生を最前列の中央にクラス全員が何段かに並んだ写真を見せて、ホラ、これが先生、これが母です、と言いました。三室さんのオフクロさんは私を憶えていないそうですが、私も三室さんの母堂を、まったく憶えていません。私は、そんな写真も持ってはいません。しかし、見ると、確かに、丸刈の頭を光らせて、七歳の私がおりました。三室さんの母堂は、オカッパの少女でした。だが、その後、三室さんのオフクロさんは亡くなった、と聞かされました。

人は年をとると、最近のことは忘れて、遠い昔のことばかり思い出すのだそうですが、私は、最近のことも遠い昔のことも同じように忘れていて、ろくに思い出せません。

けれども、この年になると昔のことを思い出すことしかすることがない、などと言いながら思い出しているから、小学生のころの別府旅行のことまで思い出したりするのです。昔のことを思い出すことしかすることがない、と言って、それを書こうと思っているので思い出すのです。そういうことがなければ、ときどき、なにかのきっかけで、昔のなにかを思い出したりはするでしょうが、私はもう、ろくに昔のことも思わずにいそうな気もします。

生きているうちは、人は物を思います。思い出すことは物を思うことです。その思う、思わないが生者と死者の違いです。わずかでも、どんなことでも、思うということが生のあかしです。痴呆症の老人だって、その人なりになにかを思っているのではないでしょうか。

少しのことを愚鈍にしか考えられない人を揶揄《やゆ》して、鮫の脳味噌などと言いますが、鮫だって生きているうちは、鮫なりになにかを思うのかもしれません。人も鮫も、死ねば物思わぬ物質になります。

死者は霊魂を遺すと言ってゆずらない人がいます。

人には霊魂があると思うか、と借問《しやもん》されて、そんなものは生きている者の営みであって、死者は生者の思い出の中にしかいないのではないかな、と言ったら、それぞれ、そこに霊魂があるのだと言われたことがあります。

そんなものがあるわけがない、死ねば無だよ、と言って、アイちゃんのヒーヤヒヤではありませんが、激しい反撃をくらったこともあります。

人の信じていることを、うっかり否定するのは軽率かもしれません。人魂が火の玉になって闇の中をふわふわと飛んだり、長い髪を垂らして、両手を胸の前でダラリとさせて、恨めしやと言う足のない幽霊になったり、無論、「四谷怪談」のお岩さんや、「番町皿屋敷」のお菊さんなど、私は霊魂の所為だとは思いませんが、幽霊の存在を信じる人が、足のない幽霊の姿を作ったからといって、ケチをつけることもありますまい。幽霊もお化けも、生者の思いの所産だと思っていればいい。まして、死者が生者の思い出の中に遺るところに霊魂があるというのはわかりやすく、別にケチをつけたりしなくてもいいし、反論する必要もありません。

それを霊と思おうが思うまいが、死者は生者の中に遺ります。

私は、追憶の風化ということについて書いたことがあります。追憶する者が風化するのです。時がたてば、ますます増幅する悲しみや苦しみや喜びなどというものも、人によってはあるのでしょうか。また、どんなに時を経ても、変わらぬ悲しみや苦しみや喜びといったものが、人によってはあるのでしょうか。人は、忘れたり、薄めたりすることで生きているのではないか、と私には思えます。どんな悲しみも苦しみも、それは一時、いっそう高まったりもするでしょうが、やがては弱まるでしょう。それが高まった時期に、耐えられなくなって自殺したりする人もいるのでしょう。けれどもいつかは、人は忘れたり馴れたりすることで、凌ぐのでしょう。

私の母や妹への思いも、一時はかなり高まり、しかし、薄れました。母は私が京都の高等学校をクビになった年に死に、妹はその翌年、私が軍隊にとられた年に死んだのですが、あのころの私は、世間から転落していて、自分の将来に絶望していた時期にありました。母と妹の死は、転落した自分への憐憫とからまって、死ねば無、と言っている私が、戦場の壕の中で、お母さん、千鶴子、もうすぐ僕もそちらに行くからね、と呟いていたのでした。

ひところは、しょっちゅう、母と千鶴子のことを思い出したものです。過去を思うと思い出す母や千鶴子ではなくて、なにかにつけ、突き上げて来る思い出でした。母と妹とは、私が、植民地の開業医の過保護のボンボンから、前途のない非国民のルンペンに転落した境い目の時期に死んだので、ひとしお私は感傷的になっていたのだと思います。けれども、いつごろからであったか、感傷も悲しみも薄れ、たまにしか思い出さないようになりました。

妻の明子が心筋梗塞で死んだのは一昨年（一九九九年）です。妻の死からは時間がたっていないので、まだ思いが薄れていません。

いや、すでにもう薄れはじめているかな。妻には、僕ももうすぐそちらに行くからね、などと呟いたり、言ったりはしませんが、言わなくても、私も間もなく妻のところへ行く年齢になっています。たまにしか思い出さなくなる前に、私も死ぬことになるでしょう。

母と明子は、自分の思いを大学ノートに書いて遺しましたが、母のノートは、私が母や妹のところへ行けずに戦場から帰還してから、どこかにないものかと捜してみましたが、もうなくなっていて、二度と見ることはできませんでした。

妻は、昭和六十年に、相模原の北里大学病院で子宮癌の剔出《てきしゅつ》手術を受けて以来死ぬまでの十五年、日記を書き続けました。

癌の手術を受けたとき、明子は死ぬかもしれないと思ったようで、遺書を書いています。十五年前に書いた明子の遺書と日記は、明子の死後、私に遺されました。遺書は、遺書という題の手記であり、日記も、手記のような日録です。私に対する手きびしい言葉が、随所に出て来るので、読むのがつらいのですが、「螢の宿」続篇の貴重な資料になるでしょう。

とにかくもう一度私は、今度は実名で、新義州のこと、両親のこと、私と妻のことを書いてみるつもりです。なにしろ、八十一歳のヤモメ老人です。今や私は、来し方を振り返って、よしなきことを書くことぐらいしか、することがありません。

2

人は、何歳ぐらいまで遡《さかのぼ》って、自分の過去を思い出すことができるものなのでしょうか。

こういうことは、個人によって、多少は異りましょう。けれども、三島由紀夫の「仮面の告白」の主人公のように、自分の出産のときのことを憶えているような人がいるはずはない。あれは、あの主人公のハッタリ話術、あるいは、私の〝八月の螢〟のようなものでありましょう。後になって、幻想や想像までを現実だと思ってしまう。そういうものなのだろうと思います。

私の生まれ育った朝鮮新義州に東京から転校して来た同級の友が、大正十二年九月一日の関東大震災のことを語りました。地震が起きたのは正午の時分で、その友人の家ではご飯を炊いていたが、釜が跳び上がってひっくり返り、上下が逆になったというのです。

私たちは大正九年生まれですから、震災は満三歳のときに起きたわけです。満三歳でも、釜が跳び上がってひっくり返るほどの大地震を経験した驚異で、忘れられないものになっているのでしょうか。あるいは、あの友人の釜の宙返りも、私の〝八月の螢〟ではないかと疑われます。

だが、そう思うようになったのは、ずっと後になってからで、十二、三歳ぐらいまでの私は、人を疑うことを知りませんでした。

あのころの私は、関東大震災がいかに稀有《けう》の体験であったにせよ、満三歳のときのことを憶えているとはたいしたものだと感心しました。

戦前は年齢を、満ではなく数えで言っていて、満三歳は数えの四歳です。誕生が四月以前の者は早生まれと言い、以後の者を遅生まれと言って、早生まれは数え七歳で、遅生まれは八歳で、小学校に入りました。

私は、八月生まれの遅生まれですから、八歳であがったのですが、小学校に入る前、幼稚園に行ったことをぼんやりと憶えています。幼稚園でどんなことをしたかは憶えていないし、幼稚園の先生と呼んでいた保母がどんな人であったか、などはもうすっかり忘れて思い出せませんが、あの幼稚園は、はじめ私の生家の向いにあったのが、小学校の向いに移ったのでした。園長先生は、私の生家の向いの浄土寺の住職でした。

幼稚園というのは、普通は二年、子供によっては一年だけ行く。もちろん、幼稚園などには行かずに小学校に入る子の方が多い。あれは新義州に唯一の小さな幼稚園でした。そこに私は三年行ったというのです。

何年行ったか、ということも憶えていません。私には記憶はないが、私と幼稚園で一緒だったという旧制中学の同窓の友人がそう言うので、そうだったのか、と思っているのですが、ぼんやりであれ、曖昧であれ、私が何かを憶えているのは、あのころ以降です。

小学校にあがる前の、私自身の記憶にあるものは、祖母に可愛がられたことです。あれは、数えで五歳か六歳かのころであったと思われますが、そのころ、あの新義州の家には、母方の祖母がいました。そのころ、父方の祖父母、母方の祖父はすでに他界していて、母の母だけが存命で、一緒に暮らしていたのです。私が五、六歳のころは、母は三十五、六、祖母は還暦ぐらいの年齢だったのでしょう。

父方、母方とも、祖父母の名も年齢も、私は知りません。調べればわかりますが、その気もない。一昨々年に死んだ長姉が、父方の親類にも母方の親類にも詳しくて、姉の存命中は、親類については必要に応じて続柄や名前などを姉に聞き、そして、そのうちに忘れ、また同じことを訊いたりしていたのですが、今はもう、それもできません。

とにかく私は、オバアチャンに可愛がられました。そして、しょっちゅうまつわりつき、遊んでもらっていたのだ、と思います。

私は従来、自分の幼年期と少年期のことについては、ろくに書いていない、と思うのですが、一度、祖母がヒヨコごっこをして遊んでくれたことを短い随筆に書いたことがあります。

四つ這いになった祖母の腹の下に入って身を縮めていると、祖母が、まだタマゴだよコケコッコ、コケコッコと言う。私はじっとしている。祖母は、二、三回まだタマゴだよ、と言ったあと、ヒヨコが生まれたよコケコッコ、コケコッコと言う。すると私は、祖母の腹の下から飛び出して、ピヨピヨと言いながら、祖母のまわりを這いまわるのです。

そんなことをして遊んでもらっているうちに、祖母は死にました。病床に横たわっていた日数は短かった気がしますが、祖母の病床についての記憶がまったくありません。病名も知りません。憶えているのは、あのころの私はまだ死ぬということがどういうことなのかわからず、祖母の通夜や告別式に大ぜいの方が来て、ご馳走の並んだ卓で対《むか》い合って、わいわいがやがやと賑やかでした。会葬に来た人についてはまったく憶えていませんが、とにかく、大ぜいのオジサンやオバサンが来て賑やかで、そのオジサンやオバサンの中には、私に声をかけてくれた人もいたわけでしょう。私は、なにか面白く、浮き浮きとしていたのを憶えています。それを憶えているのは、それから何年かたって、死ぬということがどういうことなのかわかるようになって、祖母の葬式にはしゃいだ気持になったのは間違いであった。哀しまなければいけなかったのだ、と知って後悔したからです。

何もわからない年端《としは》のゆかぬ幼児だったとはいえ、あれが私の最初の失態です。

あのころの私は、いわば、大人たちに可愛がられることに馴れていた幼児でした。祖母が死んだ後、就学するまでの間に、私は何カ月か、中国の青島《チントウ》で過ごしたことがあります。あの青島行きが、祖母とのヒヨコごっこについで旧い私の追憶です。鍋島のオジサンとオバサンというのが青島に住んでいました。もう一人、池永のオジサンというのが、青島神社の宮司をしていて、鍋島のオバサンと池永のオジサンとは、私の母とどういう続柄になるのか知りませんが、母方の親類でした。いや、池永のオジサンが青島神社の宮司になったのは、もっと後だったかもしれません。その時期についての私の記憶は曖昧ですが、そしてこれも、長じた後に想像したことですが、鍋島のオバサンが、自分のところにコマちゃんをしばらく預けろと母に言い、母は私が鍋島のオバサンのところに行くことを嫌わなかったので、それではしばらく行っておいでと、たまたま、あの親類は誰であったかは忘れましたが、新義州に寄って青島へ行くという親類がいて、私はその親類に青島まで連れて行ってもらったのでした。青島へは、新義州から大連までは汽車。大連から船で黄海をわたって行ったのです。

就学前の青島行きについては、道中のことは憶えていませんが、青島のオバサンが、私の好物だといって、ハムを毎食欠かさずに出したことや、オジサンが、あの町の何人かと船を出して釣りに行くのに連れて行ってもらい、釣糸を持たせてもらったことや、隣家のロシヤ人のお姉さんのマツタケさんのことや、窓辺に置いてあるアサガオの鉢のことや、夜九時になると青島神社の動物園のクマが、まだ寝ない子はいないか、まだ寝ない子は食べてしまうぞ、と言いながら町を歩くから、九時には寝ないといかんよ、と言われて、毎晩九時に寝たことなど、いくつかのことを憶えています。

鍋島のオジサンは、海釣りを終えると、一緒に釣りに行ったあの町のオジサンの家に寄って、釣り上げた魚を料理して、食卓を囲む。私はその家の子供用の別卓で、私より四つか五つ年長のその家のお姉さんに接待される。あのお姉さんの名前も、あのオジサンの名前も憶えていませんが、あのお姉さんがすぐ私と手をつなぐのか、ちょっとはずかしかった。

青島には、その後、十数年たって、受験浪人をしていたころに再訪して、三カ月ぐらいでしたか、過ごしました。そうだ、池永のオジサンが青島神社の宮司をしていたのは、そのころです。受験浪人のころあの町へ行ったときは、鍋島はもう青島にはいなくて、私は池永に泊めてもらったのです。

受験浪人のとき青島に行ったのは、東京の病院で、受験用の健康診断を受けたら、ラッセルが聞こえる、この体で理科に行くと死んでしまう、文科に行きなさい、と言われて、いったん新義州にもどり、その後療養だといって青島へ行って、毎日海辺へ行ったり、町なかをぶらぶらと歩いたり、映画館に入ってみたりしていたのです。新義州の旧制中学を出ると、あれは確か一浪して、仙台の旧制第二高等学校と北海道大学を受験する気でいたのですが、北海道大学は、健康診断書を添えて願書を出すことになっていて、それで私は飯田橋の病院に診断を受けに行ったところが、ラッセルが聞こえる、肺浸潤だと言われたのでした。

私は北海道大学の受験は諦め、新義州にもどって、父の診断も受けました。父も内科の医者ですから。ところが父は、肺浸潤ではない、ラッセルなど聞こえない、と言うのです。

だがとにかく、私はしばらく受験勉強などせずに、休養することにしたのです。二度目に青島へ行ったときに、すぐ私と手をつなぐお姉さんは、親に売られて中国人の金持の妾になり、自殺しそこなったという話を池永のオジサンから聞きました。

すでにあのお姉さんの一家も、ロシヤ人のマツタケお姉さんも、鍋島もあの町にはいませんでした。

後になっていろいろなことを知りました。九時になると青島神社のクマが、まだ寝てない子はいないかな、と言いながら徘徊する話を信じたために、私は三歳年長の兄からバカだと言われましたが、あのころの私は、大人の言葉を疑うことを知りませんでした。もちろんクマの話も、ロシヤの姉さんのマツタケという名前も、鍋島のオバサンの創作です。私が鍋島のオバサンに、隣家の西洋人のお姉さんの名前を聞くと、マツタケさんというのだと教えてくれました。いやあのころは、お姉さんではなく、マツタケさんもオバサンと呼んでいたと思います。

後になって思ったのですが、マツタケさんは娼婦だったのではないでしょうか。これももちろん、当時は知らなかったことですが、鍋島のオジサンは金貸しをしていて、マツタケさんも、娘を中国人の金持の妾に売ったオジサンも、鍋島のオジサンにお金を借りていたのです。

私はマツタケさんとも親しくなりましたが、ある日マツタケさんが鍋島の家に来て、指から指輪を抜いて鍋島のオバサンに渡したのを憶えています。あの指輪は、多分、借金のカタだったのでしょう。

青島のことは、他にもまだいくつかのことを憶えていますが、そのうちに父と姉が迎えに来てくれて、私は新義州の生家に帰ったのでした。

青島から新義州に帰る途中、大連で父の友人の家へ連れられて行ったことも憶えています。

憶えている、のは、もちろん、忘れたことだらけの中の断片です。

大連で父の友人の家に行ったと言っても、どこを通ったのか、その後どうしたのだったか、船中あるいは車中で、父や姉からどんなことを言われたのだったか、私は何を言ったのであったか、そういったことは、まったく何も憶えていません。あの大連の父の友人の家についても、初めてのオジサンの家へ行ったということ、父とオジサンが話をしているとき、オジサンの家の書棚から勝手に絵本をひっぱり出して見ていたら、姉が、お断わりもしないで勝手にそんなことをして、と言い、オジサンが、いいよ、いいよ、と言ったこと。

あの家には絵本があり、私はそれを取り出したのです。けれども、どんな絵本だったかは憶えていません。あのオジサンの名も、わかりません。調べようもありません。父も、あのころは十代だった姉も、もう死にましたから。

そんな忘れの多い記憶ですが、青島の記憶ばかりが豊富です。やはり、子供心に、あの青島で過ごした日々が楽しかったからでしょう。もちろん小学校のころの追憶もいくつかあるのですが、たとえば、一年生のときの思い出は、担任の向山千代先生にまつわりついて、はしゃいだことがあったということだけで、入学式のことなど、ひとかけらも憶えていません。

二年生になると担任が向山先生から久保田先生に代わりました。向山先生より若い女の先生でした。おとなしく、優しい、体の細い、ひ弱な感じの先生でした。私は小学二年のとき、年末に腎臓炎で床に就き、三学期をまるまる休みました。

腎臓炎というのは、塩分を摂ってはいけなくて、なるべく小便をしなければいけないのだと言われ、私は三月《みつき》ほど、塩気のないものを食べさせられました。小便の量を多くするために、水分の摂取につとめました。あれはある日、私は急によろめいて、柱に頭を当てて倒れたのでした。その私をすぐ医者の父が診て、病室ではなく、自宅の二階の一室で、暮から翌年の三月まで床に就くことになったのです。その私に、なんとかスイカを食べさせたいと母が奔走してくれたのですが、昭和の初めの植民地で、冬にスイカが入手できるわけがない。今は、ビニールハウスで作ったスイカやメロンやイチゴなど、季節を問わずに買えますが、あのころはハウス栽培などというものはありません。ところが、どこからどういう経路で入手したのか、母は私に一度だけですが、小玉のスイカを食べさせてくれました。私は入手の経路を母に訊いたような気がします。母は支那人の雑貨商人に頼んだのだと言ったような気がします。しかし、気がするばかりで、そのときの母との会話までは憶えていません。だが、今のようにハウス栽培はなかったと言っても、ガラス張りの温室が多少はあったはず。あのスイカはどこかの温室で季節外れに作られたものがあって、それを母は手に入れてくれたものなのでしょう。

憶えていないことばかりの記憶ですが、そんな程度には、いくつかのことを憶えているのです。向山先生のほかは苗字だけですが、小学校の担任の先生の姓は憶えています。二年が久保田先生、三年が本川先生、四年が草野先生、五、六年が宮前先生というのでした。

新義州公立尋常高等小学校の私の学年は、三組で、梅組、桃組、桜組という名がついていました。二年生までは、三組とも男女共学でしたが、三年生になると、男の子だけの梅組、女の子だけの桃組、男女混合の桜組になり、私は梅組になりました。

四年生のときの草野先生は、もしかしたら、今ときどき新聞で報じられるワイセツ教師のような先生ではなかったかと思われます。

桃組の生徒には、やたらに甘くて、担任でもないのに、抱き上げたり、頬ずりをしたりしていました。担任の梅組の子供たちには、やたらに叱りつけ、試験の答案の字が一つ間違っていたといって、本人を呼び、なんだこれは、などと叫び、答案を破って突き返したりしました。小学校では、毎学期末に通信簿が渡されたのですが、三年まで私は、毎学期、全甲か、乙が一つか二つの通信簿をもらって帰ったのに、草野先生の四年になると、それが全乙になりました。

急に勉強ができなくなったわけではないのに、全甲か、乙一つか二つの成績が、なぜたちまち全乙になったのか。私は、納得が行かず、帰宅して母に通信簿を渡すと、二学期からの登校拒否を宣言しました。それを母が校長先生に話したのです。すると草野先生は通信簿を再発行して、今度は全甲にしたのです。

エキセントリックで変な先生でしたが、先生にあるまじき言動が他にも何かあったのではないでしょうか、草野先生は、急に姿を消してしまいました。他のどこかの小学校に異動させられたらしいのですが、どこの学校に移ったのか知りません。そして五、六年の宮前先生になるのですが、多分、六年のときだったと思いますが、私は宮前先生を仰天させた絵を描き、その絵をブリキ屋の倅の中本が、いきなり横からさらって、古山君がこんな絵を描いています、と宮前先生のところへ走り込んで渡したのです。

私が描いたのは、丸髷《まるまげ》婦人のヌードでした。子供たちの描く女陰は、丸を描き、その丸から海軍旗のように八方にいくつかの線をのばし、円の中央に縦に線を引き、その中央に小丸をつける。男根は縦に筒を描き、筒の両側に丸をつけるのですが、チンポはまだしも、そんなマンコはない、と言って、長野君が、陰毛の中に割れ目のある絵を描いて、こんなふうなんだよ、と教えてくれたのです。私は、なるほどと思い、丸かいてチョン式ではなく、長野君に教えられたリアルな性器をつけた丸髷婦人のヌードを夢中で描いていたのです。

宮前先生は、私をアンファンテリブル（恐るべき子供）だと思ったかもしれません。早速、中本がいきなりさらって届けたその絵を持って、母のところに相談に行ったのです。

コマオ君がこんなものを描いたのです。おたくは病院ですから、医学書でも見てこのようなものを描いたのでしょうか、と先生は言ったのだそうです。母は赤面するばかりで、何も言えなかったそうです。

先生が訪ねて来たことを、その日学校から帰宅して、私は母から聞きました。

「どうして、あんな絵を描いたの、お母さんはずかしかった」

「ごめんね。長野君に教わったの」

私は、陰毛付丸髷ヌードを描いたことよりも、小学生の年齢でも長野君の名を出したことの方が、後になって、悔やまれました。

私はいわゆる甘ったれの、医者のボンボンで、マザコンでした。母ぐらい大事な人はいなかった。だからもし、満洲から馬賊が鴨緑江を渡ってこの家に押し入って来たら、母を護るために命を捨てて戦う決心をしていました。

冬、鴨緑江が一面に凍結して、どこでも渡れるような状態になると、馬賊が来て、新義州を襲撃する。そんなことは実際にはないのですが、そのときわが家にも押し入って来る。そういう事態を空想したものでした。

空想であっても、新義州はそんなことを空想させる町だった。そういうこと一つとってもあの町は、独特の町でした。あの町に馬賊は来ませんでしたが、冬の夜、密輸の一隊が行列を作って、私の家の前の凍った道を通って行きました。

密輸入と密輸出。冬の夜、荷を背負って私の家の前を通って行った密輸団の荷が何であったか知りませんが、鴨緑江を渡ると、高くなったり、安くなったりしたものが、いろいろあったのです。その一つ、金は満洲では朝鮮よりかなり高価であり、銀は逆に、朝鮮の方が満洲よりずっと高い。だから密輸業者に雇われて、満洲のなんとか銀貨とかいうのを、鴨緑江の鉄橋を渡って、安東から新義州へ運び込む朝鮮人の女性たちがいました。

そのなんとか銀貨とかいうのを、ゴム風船に入れて、陰部に挿入して国境を越え、鉄橋と駅の間にあった林でそれを取り出す。それを覗き見に行く子供たちもいました。安東の方が新義州より砂糖が安い。だから、一人何斤までは免税といったようなことがあったのでしょうが、安東へ行った新義州の者は、親からそうしろと言われるのでしょう。少々砂糖を買って来る。私は新義州に住んでいたときには、そういったことを、別に格別なことだとは思っていませんでしたが、満洲との国境にあった町だったので、あの町ならでは独特のことが、いろいろとあったのです。

私が育ったのがあのような町でだったということも、私の性格のある部分を作っているのかもしれません。しかし、こうして自分の幼少年期のことを思い出してみても、あの環境のどういうことが、どんなふうに私の性格形成に作用したのかは、わかりません。私はただ、腎臓炎で長期間床に就いたときのことや、登校拒否をしたことや、丸髷女性のヌードを描いて母を赤面させたことなどを、茫々といくつか思い出すばかりです。今思い出せることは、死ぬまで憶えているでしょう。

3

思い出してみると、いろいろと、次から次に思い出すものです。日ごろ思い出したことのないものが思い出されます。運動会、遠足、鴨緑江岸の花火大会、平安神社の祭礼、平安神社の境内では、夏、早朝にラジオ体操の集いが催され、老人が幼児と一緒に輪を作って、両手を腰に当て、膝を曲げ、とやっていた。社殿では、しばしば三三九度の婚礼の儀が取り行なわれ、人が花嫁を見に集まった。クリスマス、暮の餅搗《もちつ》き、正月の門付《かどづけ》、元旦には獅子舞が来た。世界館という活動写真小屋の楽隊が、家々を回り、年の始めのためしとて、を演奏して御祝儀をもらう。そういったことが、きりなく思い出される。

人には、忘れてしまうこともあるが、思い出せば思い出すのに、思い出さないでいることも多量にある。ちょっとしたきっかけで、繰り返し思い出すものもある。記憶というのは、曖昧であって、多様です。けれども、その中に、いやにハッキリ憶えている部分があるものです。それは、どこまで事実なのか、思い出す者の思いで変形しているものなのかわからないのだけれど、当人には事実であって、それが繰り返されるのは、そこにその人にとって陶酔や消えない自責があるからでしょう。人は恵まれていた過去の一時期を懐かしく偲んだり、己れの疚《やま》しさや恥じずにいられないものを、ひそかに確認したりするわけでしょう。

私はそうです。もし、家庭が経済的に貧しくなく、学校の成績は上位、父は田舎町の名士であり、私は甘やかされている、家庭に不幸な事件もない、そういう境遇を〝恵まれている〟と言うのであれば、確かに私は、旧制の中学を出て、旧制高校に入ったころぐらいまでは〝恵まれていた〟のでした。

けれども私には、あのころを思い出して、あのころの〝恵まれ〟を懐かしもうという気持はないのです。

過去のことではありませんか。そういう質の〝恵まれ〟など、もうどうでもいいことなのです。けれども、小学校の五年生のときだったか、六年生のときだったかに、先に書いたように、丸髷婦人のヘアーヌードを描いて先生を驚かせ、母を赤面させたことは、ときどきひょいと思い出します。それは母に話しただけだったのですが、長野君に教わった、と友人の名を出してしまったからです。

母は、恥ずかしかった、と言っただけで、私を叱ったり、責めたりはしませんでした。父も、なんにも言いませんでした。兄は、バカと言っただけ。姉は、私が小学生のころにしでかした、突飛でユニークな事件だと笑い、その後しばしば、あの丸髷ヘアーヌードのことを話題にしましたが、あれは、それだけのことで終わりました。ただ、長野君の名を口にしたことだけが、私のひそかな疚しさの意識になって、私から離れませんでした。

中学に入ってからも、一度、友人の名を言ってしまって、後悔したことがあります。あれは、旧制中学の四年生のときだったでしょうか。級友とうどん屋に入って先生に見つかり、取調べを受けたのです。

昨今でも、学校によって、どうでもいいようなことを校則で厳しく取り締まるところがなくもないと聞きますが、戦前戦中の中学は、今の中高生には信じられないようなアホらしい校則をいろいろとつくり、違反した生徒を厳しく罰しました。あのアホらしさの度合も、厳しさも、学校によって差があったのだろうと思われますが、私が入学した新義州中学という学校では、頭髪は丸刈でなくてはいけない、下校しても家の外に出るときは制服を着用し、編上靴をはくこと、カバンは右肩から左脇に斜にかけなければならぬ、町で上級生に会ったときには、挙手の敬礼をしなければならぬ、たとえ親と一緒でも飲食店に入ってはならぬ、映画館に入ってはならぬ、三業地、女学校の周りの道を通ってはならぬ、などなど、よくもまあ、あんな愚かな校則をいろいろとつくって生徒を管理したものだ。

生徒の飲酒や喫煙を取り締まるのは、全国どこの中学でも当然だったのでしょうが、たとえ親と一緒でも飲食店に入ってはいけない、などという校則は、わが母校独特のものではなかったか。飲食店といってもいろいろあります。女給と呼ばれていた女性が客と同席して酌をするカフェーというのがあった。あの町には、中華料理店も何軒かあった。うどん屋も数軒ありました。鴨緑江の対岸の安東には、まあうどん屋は新義州も安東も似たようなものでしたが、満洲の町ですから当然中華料理店が多く、大きな店もありました。安東にはそのほか、白系露人が経営していたヴィクトリアという名の食料雑貨の店が駅前にあって、店の半分は食堂になっていました。新義州から安東に行った者は、ヴィクトリアでロシヤチョコを買ったり、食堂でピロシキやボルシチを食べたり、アイスクリームを舐めたりする。

しかし、ヴィクトリアも飲食店です。食品を買うだけならいいが、食堂でピロシキを食べたりすれば、校則違反です。

学校としては、親と一緒でも、生徒がカフェーで、厚化粧の女給と同席するのを認めるわけには行かないでしょうが、ヴィクトリアも、餃子屋も、うどん屋も飲食店だというわけで、そこに入って見つかると、まるで犯罪者のように調べられ、まあ、うどんぐらいでは停学になったり、退学になるところまでは行きませんが、始末書というのを書かされるのです。

先生が刑事です。私は級友のA君と、満月という名の小さなうどん屋に入ったのを見つかり、取り調べられました。先生は私とA君とを隔離して、尋問しました。これまでにも行ったことがあるはずだ、何回ぐらい行ったか、これまでに一緒に行ったA君のほかの級友の名を吐け、A君はすでに白状しているぞ、隠したってムダだ。――私は、まんまとひっかけられました。

幼児のころ、九時になると青島《チントウ》神社のクマが出て来て、まだ寝ていない子はいないか、と言いながら町をまわる、という鍋島のオバさんの話を疑わなかったように、中学の上級生になっても、私は先生を疑うことを忘れ、はめられました。A君はすでに白状していると言われて、もはやこれまでと私はB君の名を口にしてしまい、B君に迷惑をかけてしまいました。

A君がすでに白状しているというのが嘘で、自分ははめられたのだと知ったのは、後日でした。

私は、B君に弁解のしようもなく、すぐにはめられてしまう自分を恥じました。先生刑事は、A君にも、古山はすでに白状しているぞ、隠したってムダだ、と言ったはずです。その手を使うために、私たちを隔離して調べたのです。しかし、A君は落ちずに頑張り通したのです。

うどん屋に入ったぐらいのことで、どうして生徒をそんなに不良扱いするんだ、というアホらしさがあります。そして、あの取調べ方などが、私を、反抗心の強い、大人を信じない生徒にしたのではないかと思われます。俺が悪いんじゃない、社会が悪いのだ、とは申しません。しかし、若者は、大人たちの作っている祖国や社会に対して、自負し、肯定し、批判し、反発しながら、自分を形成していくのですから、大人たちが、自分を棚に上げて〝近ごろの若いもん批判〟をするわけには行かないのです。

先生といっても、その大半が傑《すぐ》れた教育者であることなど、ありえません。しかし、戦前戦中の、いわゆる軍国教育はひどいものでした。自虐史観で言うのではありません。ただ、ひどかったものはひどかったと、はっきり言わなければなりません。あの朝鮮新義州の中学時代、私は、大人への不信と反発を増幅させた代わりに、何を得たのでしょうか。あるいは、その不信や反発自体が、貴重な代償であった、と言えるかもしれません。だとすれば、校則をおかしてうどん屋に入ったために、刑事犯のように調べられて始末書を書かされたことは、この国の教育というものがどういうものなのか、を教えてくれたわけです。刑事のような取調べをする先生は、この国の大人がどのようなものであるかを教えてくれたのです。あの取調べのあと、隣りの町の安東に行く者は、その理由を書いて許可を受けなければならない、という校則が加わりました。安東までは監視の目が届かないから、というのです。そういうのを私は異常だと思いますが、先生方はそう思わない。その方が、監督する者として便利であり、どんなことであれ、生徒は先生の命令に従うのが正しいことであり、そうさせることが教育だと決めて、先生方はそこに安住していたのでした。

　目の届かないところでは、生徒は必ず校則を犯す、という考えが、わが母校の先生方の基本的な考え方でした。そういう考え方をして自らを疑わない先生を、生徒は敬愛するでしょうか。

　あれが戦前戦中のわが母校の教育だったのです。そして、反抗心の強くなった私のような生徒は、当然、何人かの教師に嫌われました。新義州では、そば屋と言わずに、関西風にうどん屋と言っていましたが、あのうどん屋校則違反事件は、自分の軽率で単純な性格を自覚させると同時に、先生の、あるいは大人の、あるいは日本人の、自分の都合しか考えない汚なさ、狡さ、欺瞞を考えさせられる事件でした。そういう意味で私には、たいへん、教えられることの多い事件でした。

　生徒を、うどん屋に入ったぐらいで犯罪人のように扱い、先生が刑事に変身して、何が教育ですか。けれども、それが、現実なのだということを、あの先生方は教えてくれました。あれ以来私は、黙秘で押し通すことを覚えました。そのために、冤罪を蒙り、そのままになってしまったこともあります。バスケットのボールに泥をつけ、それを教室の天井に打ち上げて泥を移し、白い天井を泥だらけにした者がいました。こういうことをするのは古山に違いない、と、カンで先生は思ったようです。私を呼び出して、白状しろ、と連呼しましたが、私は、自分ではない、と繰り返し答えただけで、他には何も言わずに頑張り通しました。自白しないしぶとい奴だと思ったでしょう。先生は、私の胸を何度も突きました。

今は、教師が生徒を殴ると非難されるし、逆に生徒が教師を殴ったり蹴ったりする。愛の鉄拳なんて、そんなものは、軍隊での兵士を強くするための私刑と同様、嘘だと私は思いますが、戦前戦中は、生徒をまともな人間にするためという名目があれば、教師が生徒を打擲《ちょうちゃく》することは、差し支えのないことだったのです。ただし、あの教師は、打擲の習慣を持たず、突き押し一点張りでした。それがおかしい。

M校長も、私を嫌っていたようです。あの学校では、自習の時間というのがありました。この時間は、生徒がそれぞれ自主的に勝手に勉強をすることになっていて、教師は教室に現われません。冬、その自習の時間に、私は級友のC君と、教室を抜け出して、近くの池にスケートをしに行き、そこに生憎M校長がスケート靴を下げてやって来て、検挙されたことがありました。

授業時間中に教室から抜け出していた、ということで、また取調べを受けることになりました。刑事になった校長じきじきの取調べで、主犯は古山に違いないと決めつけられたので、本当は私はC君の誘いに応じたのだったのでしたが、そういうことにしました。

卒業を間近にひかえた時期で、そのために私は、普通の優等賞というのは、品行方正学術優秀をいうのですが、職員会議で、古山に品行方正を与えるわけには行かないという結論が出て、学術優等賞という、品行方正抜きの、開校以来前例のない優等賞をもらって卒業することになりました。

あの植民地の小さな中学で、私はクラスでの学業成績は首席でした。模擬試験の成績も、毎回一番でした。しかし、なにせ不良だというのです。普通なら、平安北道知事賞というのを私がもらい、卒業式で答辞というのを私が読むところだったのですが、品行方正抜き学術優等賞の古山にやるわけにはいかない、ということになり、知事賞も答辞も、授業時間にスケートをしに行って咎められた相棒で、席次が二番だったC君にまわりました。

母は、私が持ち帰った学術優等賞の賞状を見ながら、「喜んでいいのかねえ、悲しんだほうがいいのかねえ」と言って笑いました。

優等賞のことなどは、しかし、これも、実はもうどうでもいいことなのです。アホな人は、大人になっても、教師になってもアホなんだと思っておればよい。小学校の通信簿の甲の数がいくつであれ、中学校での席次が何番であれ、そういうものも実は重要なことではないのです。そんなことより人は、その生涯中に、いつ誰と出会い、どんな付合いをするかということの方が問題です。けれども、問題だと言ってみたところで、人間関係のある部分は、自分では選べません。

まず人は、親を選ぶことができません。兄弟姉妹も、親類も、選べない。選ぶことができるのは、付合い方だけです。友人との出会いにしても、伴侶とのそれにしても、言えばすべて偶然であり、選べるのは付合い方だけです。付き合わないというのも付合い方のうちでしょう。しかし、付き合いたくない人とも出会ってしまう。親やきょうだいとだって付き合いたくなくて、肉親から離れてしまう人もいなくはないが、続柄を変えることはできません。そして、父母も偶然の所産であり、祖父母もそうであり、みんなその偶然のつながりの中にいるのですが、人は、自分は偶然の所産だなどと思いながら生きているわけではありません。それが当然で、それでいいのだと思います。人も、いちいちそんなことは思わずに一生を終えてもかまわないと私は思っています。

人生、しょせん運不運、だなんて、別にそんなふうに考えなくてもいい。私はすぐにそう思ってしまうのですが、私がすぐにそう思ってしまうというだけのことで、別に誰も同調してくれなくてもいい。

私がすぐにそう思い、諦めたり、理不尽を納得したりするようになったのは、やはり、あの戦争で、自分の、そして、人の無力を思い知らされたからであろう、と思われます。

戦前の私は、そんなことは思いませんでした。若さ、幼なさ、ということもあったかもしれません。若さゆえの純真と、いわゆる二者択一的な単純な思考の中にいたのだと思います。

　あの時代は、私のような者には、未来への夢など持つことのできない時世であったはずなのですが、それを自覚しながら私は、若さのゆえに、未来への夢をなんとか持とうとしてあがき、しかし、見通しは持てなかったのだと思います。

　若かったから、あのころの私には、正義もありました。出世などというスノビッシュな未来の願望は、あの中学を出て、二年浪人して、京都の旧制高等学校に入ったあたりで捨てましたが、なんとか、自分流の正義と現実とを一致させたいと、不可能なことに必死に突進していたところがありました。そのあげくバランスを失って墜落したのでした。

　あのころの私は、自分の正義を、国や大人たちに向けて、考えの中でだけでしたが、反抗していました。わが国の植民地政策にも反発していました。私は日本人ですから、日本人としての誇りを持ちたかった。ところがあのころの日本人は、大和民族は、韓民族や漢民族より優秀で上位の民族だと、勝手に自分で決めていて、西欧には一目置いていたが、アジアでは傲慢で、傲慢を恥じる心などまるでないように思われました。

わが国は、わが国の安全を護るために、朝鮮半島を植民地にして統治し、さらに満洲にも進出しましたが、これもわが国の安全を護るためだったといいます。戦略的にも、経済的にも、自国の安全のため、あるいは繁栄のために他国を奪い支配する。これは、欧米諸国がして来たことで、戦前の考え方からすれば、格別の悪事ではなかったのです。大東亜戦争にしても、日本が一方的に起こしたわけではなく、米英蘭仏によって追い込まれたのだとも言えます。しかし、わが国が、満洲に次いで、まず華北へも進出しようとしていたことは確かで、それはもう国の安全を護るため、というより、進出の拡大です。中国がそれに反抗するのは当然で、盧溝橋でどっちが先に発砲したかなどというような水掛論を展開してもはじまらないのです。あれも八路軍の挑発にのせられたのであって、関東軍はのせられたなどと言って、まるで悪いのは中国側であるかのような言説を弄する人もいますが、他国に軍隊を侵入させていれば、反抗されるのは当然でしょう。

満洲国を作ったのは五族協和の理想国家の建設であった、だの、大東亜戦争はアジアを欧米支配から解放するための戦争であった、だとか、そういう説明や弁護は、欺瞞です。

あのころの大人たちは、それよりもっと下手な嘘を言って、青少年たちを教育しようとしたものでした。

中学四年生のとき、修学旅行で、満洲へ行き、満洲事変勃発の契機になった張学良軍の南満洲鉄道爆破の経緯について、現場で聞かされました。テンエージャーの中学生にも、爆破したのは日本軍だのに、それを張学良軍の所為にして攻撃の口実にしたことがミエミエの下手な嘘を聞かされました。満洲国についても、五族協和の理想国家などと見えすいたことを言わずに、要職はすべて日本人が占めている傀儡《かいらい》国家だとちゃんと言ってくれれば、私たちはもう少し大人たちの言葉を信じたかもしれません。

言葉だけの問題ではありません。また学校の話にもどりますが、わが母校の先生方は、数人の先生をのぞいて、生徒の心情や事情など、まったく想像する能力もその気もなく、ただただ束縛してそれを当然と思っている方ばかりでした。今の教師も同じようなものかもしれませんが、先生方がそうであったように、あの当時の入植者たちには、朝鮮人や中国人たちの心情や事情を想像する能力もその気もない人たちが多かったように思えます。

でなければ、日本語の使用を強要したり、創氏改名を勧めたり、神社に参拝させたり、お前らも天皇陛下の赤子《せきし》にしてやるからありがたいと思え、と言ったり、あんなバカげたことを次々にやれるわけがない。難しい想像をするわけではない。彼らの立場に立って考えれば、容易にわかることではありませんか。もし、わが国がどこかの国に占領されたとして、占領した国から、お前ら日本人もわが国の首領のセキシにしてやるから、ありがたいと思え、と言われたとして、ありがたい、と思えますか。あのころの日本人たちは、それしきのことも考えずに、いばっていたのです。

あの両親の子として生まれたのも私の運というものだと思います。あの旧植民地の小さな町で生まれて、あの町で育ったのも、私の運というものだと思います。私が大正九年に生まれたのも、父が宮城県の出身であることも、すべて運。後日、戦場へ送られて、なんとか生還はしたものの、何でもすぐ、運だ、星だ、しゃあない、と思ってしまう人間に変わって、私はそう思うようになりました。

あの町で育ち、あの学校へ行ったから、私はあの先生方や、あの級友たちに出会ったのだ。先生方も、級友たちも、今はもう、大半は死にましたが、あの町で、あのような人たちに出会い、あるいは親しみ、あるいは反発しながら育ったために、私はこんな人間になったのだ、と言えるような気がします。

偶然が、性格のある部分を作る要因になっている。その思いは、私の生涯を左右するものにもなりました。私が、旧制高等学校というエリートコースから墜落して、その後、無為徒食の日を送ったり、軍隊にとられて最下級の兵士を続けたりしたその後の私の生活にも、あの町はつながっているのです。その他、いろいろなことがつながっているのです。風が吹けば桶屋が儲かる話のように。

4

新義州という町。私はそこで生まれ、旧制の中学を卒業するまであの町で育ったわけですが、あの町にいたときは、新義州という町がどのようにしてできたのか、そういうことについて関心がありませんでした。

北海道、本州、四国、九州の四島を私たち植民地に住んでいた者は、内地と言っていましたが、中学時代の私は、中学を卒業したら内地の学校――まず旧制の高等学校に入り、そのあと東京帝国大学に行くつもりでした。中学を卒業したら、旧制高等学校に行くつもりでした。

戦後、日本の学制は、小学校は昔どおり六年制ですが、その上は、中学が三年、高校が三年、高校の上の大学には、短期大学と四年制の大学とがあり、四年制の大学の上に大学院というのがあるようです。じっくり学問を究めたい人は、大学院まで行くようで、大学院には他校の卒業生も進学できる制度になっているとか、私は、私にはもう関係のなくなったその学制や受験資格のことなど、詳しくは知らないのですが、すっかり変わりました。

入学試験のやり方なども、いろいろ私たちのころとは違った方式で行なわれているようです。

私たちが子供のころは、男女七歳にして席を同じうせず、などと言っていて、私の小学校では、二年まではいわゆる男女共学でしたが、三年からは、男の子ばかりの組と、女の子ばかりの組と、男の子、女の子半々の組が一組の三つの組に組換えになりました。生徒の数が、もう少し多かったら、男の子ばかりの組を二組と女の子ばかりの組を二組にしたかったのです。実際、後の学年では、そういう学年もありましたが、私の学年では、男の子の組二組、女の子の組二組とするには生徒の数が少なく、一組ずつにするには多過ぎたのです。私は、三年生から、男の子だけの組に配分されたのでした。

中学は、もちろん、男子だけの学校です。今も、男子だけの学校も女子だけの学校も、私立の中等学校などにはいくつかあり、女子だけの、いわゆる女子大というのがありますが、戦前の中学校というのは、生徒は男の子だけの学校です。女の子は、女学校（高等女学校）に行ったのです。もしかして、内地には、一つや二つ、男女共学の中学もあったかもしれませんが私は知りません。とにかく私は、小学三年生以来、旧制高等学校を中途退学するまで、男子だけの学生生活をしたわけです。

中学時代を振り返ってみて思うのは、あのころの自分の最大の関心事は、セックスと将来の進路についてであったな、ということです。

性に関する子供の関心には、その持ちように、もちろん、早遅濃淡の差はありましょう。私はどうだったのでしょうか。自分が格別早熟であったとは思っていませんが、小学五年生であったか、六年生であったか、のときに丸髷《まるまげ》婦人のヌードを描いたことには、性への目覚めが潜んでいたのかもしれない、と思えます。あのころすでに私は、性交も女性の陰部も、共にオマンコと言っていました。そして、オマンコがどのようなものであるか知りたく、しかし、もちろん、その気持を表現するわけには行かず、独りでひそかに、いろいろと想像して、変な気分になっていたのでした。

しかし、変な気分になるばかりで、知識はない。メンスのことなど知りませんでした。あの丸髷ヌードを描いて、母に恥ずかしい思いをさせたころ、同級生の一人に、女学生はときどき、血のかたまりをオマンコから出すのだと聞かされて信じられず、嘘だ、と言ったらその級友が嘘ではない、と言い張ったことがありました。

その子は、新義州女学校の寄宿舎の近くに住んでいて、自分の言うことは嘘ではない、見たと言うのです。見たと言われると、嘘だと言うわけには行かず、

「女学生はみんなか?」

と訊くと、

「みんなだ」

と言います。

「血のかたまりと言って、それはどれぐらいの大きさなの？」

「うん、そうだな……」

級友は、言葉を濁らせました。

「ピンポン玉ぐらいか、それともリンゴぐらいの大きさ？」

「まあ、そうだな……」

級友も、かなり知ったかぶりで言っていたのであって、実はろくに知らなかったのですが、それでも私よりは多少は性知識が進んでいたことになるのでしょうか。不正確でも、とにかく一応はメンスのことを知っていたのですから。

私は級友の話を、嘘だと決めつけることはできませんでしたが、だからと言って、その話をそのまま素直に受けいれることもできませんでした。あまりにも突っ飛というのか、シュールというのか、考えられないことに感じられました。女はすべて、ときどき、リンゴ大の血のかたまりをオマンコから出す、そんなことが、見たと言われても、そんなに簡単に信じられるでしょうか。母も、姉や妹も、私の家にいた女中たちも、看護婦さんたちも――すべての女が。――

この話を私は、かつて、何という題名の小説であったか忘れましたが、取りこんで小説を書いたことがあります。私は、メンスの血のかたまりをオムスビコロリン、というお伽話とダブらせてしまうのです。オムスビコロリンというお伽話も、もう正確詳細には覚えていませんが、男が山か野で、持参のオムスビを食べようとして地面に落とす。落ちたオムスビが転がり、男が追いかけても、コロリンコロリンと転がって、追いつかない。そのうちに穴があって、入ってしまう。男も続いて穴に入ると、中にはネズミの国があり、歓迎されるという話ではなかったかと思っています。男はネズミを助けたことがあったのでしょう。その恩返しに、ネズミは、オムスビで男を歓待の場に誘導するのです。浦島太郎の話にしても、舌切り雀の話にしても、お伽話には恩返しのからむものがいくつもありますが、オムスビコロリンもその系列のものでしょう。しかし、私は、もう恩返し話に教育される年齢は過ぎていて、あのお伽話の、追いかけて押えようとしても、オムスビが、コロリンコロリンと巧みに逃げてつかまらないところが面白く、惹かれていたのです。だから、そんなイメージを持ったのです。

中学生になると、当然性に関する知識もふえます。あのころは、上級生の話で教えられました。その知識を同級生に話す。あのころ、どんなことを上級生に聞かされたのだったか、いちいち憶えてはいませんが、私は性の話にのめりこんだものでした。そう言えばあのころは、メンスとは言わなかった。月経と言った。ヌードなどという言葉もなかった。裸体と言ったのです。あのころは今のように、なんでもかんでもカタカナ語にしてしまう時代ではありませんでした。けれども、フレンドバンドという月経帯の広告を新聞だったか雑誌だったかで見た記憶がありますし、手淫のことをマスと言っていました。マスはマスターベーションの略で、手淫をすることを、マスをかく、と言っていました。

私が、マスをかくことを憶えたのは、中学の二年だったと思います。マスも上級生に教えられたのでしたが、私は早速マスのことを、幼な馴染の同級生の横江のキーちゃんに教えました。横江のキーちゃんは、清という名前で、家が近所で、幼児のころから、キーちゃん、コマちゃんと呼んでいて、親しくしていたのでした。同い年で、小学校には同じ年に入ったのですが、先に書いたように、小学校三年のとき、私たちの学年は、男子ばかりの組、女子ばかりの組、男女共学の三つの組に分かれ、私は男子だけの梅組、キーちゃんは共学の桜組になったので、以後小学校では教室が別で、中学でまた机を並べることになるのですが、教室が別になった小学校のころも、キーちゃんとはずっと一緒に遊んでいました。

「コマちゃんがあんなことを教えたので、僕は成績が落ちた。もしかしてコマちゃんは、ライバルの僕を蹴落とすためにマスを教えたのではないか。あれ陰謀だったんじゃないか」

とキーちゃんは、冗談でしょうが、そう私に言ったものです。

「ふん、僕が教えなくても、誰かに教わっただろうし、でなきゃ自然に憶えるか、だっただろうよ」

と私は言ったものですが、確かにマスのかき過ぎは、成績の下落を招くと思われ、できるだけセーブしなければと自戒しながら、ついし過ぎてしまうのでした。

しかし、私もキーちゃんも、中学での成績はトップグループで、卒業後は、共に旧制の高等学校に進むつもりでいました。

私の両親たちは、内地から朝鮮や満洲に進出した人たちです。コロニーの一世。一世たちも、故郷恋しの思いはあったでしょうが、私たち二世は、もしそこが故郷と言えるなら、外地が故郷です。けれども私には、自分がそこで生まれ、旧制中学を卒業するまでそこで育った朝鮮の新義州という町を故郷と言うには、何か躊躇するものがありました。

あの町生まれの人には、素直に新義州を故郷と言っている人もいます。しかし、個人の考え方も、育ち方も、一様ではありません。あの町で生まれて、幼児のうちに他の町に転じた人がいる。他の町で生まれて、新義州に来て、あの町の小学校や中等学校で少年期を過ごした人もいる。そういうコロニー二世には、単純にあの町を故郷だと思えない人もいるでしょう。

ところで、私のように、そこで生まれ、育ったにもかかわらず、あの町を故郷と思うことに、なにか抵抗を感じるのはなぜでしょうか。やはり、新義州が植民地の町だったからでしょうか。一世たちは、故郷から出て、外地に新しい生活の場を持とうとした人たち。ところが私たち二世は、と言うより、私は、ということでしょうか。私は、たまたま、あの両親の子に生まれたために、内地に故郷なし、新義州を故郷と思うには逡巡あり、ということになったわけです。

私のような、新義州生まれで新義州育ちの二世にもまた個人によって違いがあり、自分の将来についての方向を、満洲や中国大陸に向けていた人もいるのです。

けれども私の心は、内地に向かっていました。

中学を出て、上の学校を選ぶとなると、将来自分が何になりたいのかを決めなければなりません。当時、中学の上の学校には、高等学校があり、高等学校からは、東京、京都、仙台、福岡などの帝国大学に進むのですが、私立の大学には、予科というのがあって、予科から本科に進む。北海道帝大や京城帝大のように予科のある帝国大学もありましたが、まあだいたいそういう制度になっていました。ほかに高等専門学校というのがありました。私学には、予科から本科に進むコースのほかに、高等専門学校に相当する専門部などというのがありました。

高等学校には、文科と理科がありました。高等専門学校には、学校により、医学の高等専門学校あり、工業あり、商業あり、農林あり、水産あり、そう、高等師範学校だの、陸軍士官学校だの海軍兵学校だの、軍人の学校もありました。そういったのが今の学制に変わったのです。

学校を選ぶことは、将来の職業を選ぶことでもありました。高等学校の場合、工学部や医学部に行く者は、理科へ、法学部や経済学部や文学部へ進む者は、文科へ入らなければなりません。

中学時代の私は、実は工学部に行くか医学部に行くかまでは決めていませんでしたが、とにかく高等学校の理科に入ろうと思っていました。

私は次男坊で兄がいますが、兄は立教大学の経済学部に入りました。私には、父のあとを継いで医者になる気もなくはありませんでしたが、中学生のころの私は、工学部へ行く気持も持っていました。

はじめ、父の母校である仙台の第二高等学校の理科に行く気でいました。はっきり、これになりたいという目標や意思があったわけではなく、一応、理科に入っておいて、卒業するまでに決めればいい、と思っていました。しかし、たとえ医者になって父のあとを継ぐことになっても、新義州の病院の二代目院長にはなりたくない。将来のことはどうなるかわからないけれど、私が継ぐのは父の職業であって、父が経営する新義州の病院ではない。

その私の思いを、私は父に話したことがありました。父はそれでもいい、とにかく医学部へ行ってほしいのだ、と言いました。

ところが私は、第二高等学校の試験に受からないのです。

中学を卒業した年の受験では、点数が足りなかったのです。一次の試験で落ちました。

しかし、一浪して受けた翌年は、点数には自信があり、一次試験に合格、二次試験の口頭試問を受けましたが、口頭試問を受けながら、こりゃ二次で落ちるな、と思いました。

二高の口頭試問というのは、七、八人の試験官が半月形の机に並んで席についていて、その机の前に立たされて、あっちの試験官こっちの試験官から、次々に尋問されるのです。

私は、新義州中学を首席で卒業し、学術優等賞をもらったのですが、国漢英数の主要学科はみんな九〇点以上の成績だのに、教練と体操の点数だけは六〇点台で、試験官は内申書を見ながら、そのことを追及しました。

「君は、他の学科の点数はいいのに、教練と体操は目立って悪いね、なぜだ」

「教練と体操は嫌いですから」

と私は言ってしまって、ああこれでまた落第だな、と思いました。

試験官の一人が、

「ダメじゃないか」

と私を叱りつけました。

あの軍国時代のこの国で、私の言葉や態度は、反抗的でひねくれたものに思われただろう、と思います。体操はまだしも、教練が嫌いなどと言ってはいけなかったのです。

思ったとおり、私は合格せず、また一年、浪人することになりました。

二高の入試を受けて、あのような口頭試問の場に立たされて、結局、合格しなかったことも、運不運の岐路のひとつだったのです。

高等学校と北海道大学の予科の試験は、両方受けられたのだったと思います。私は北海道大学をいわゆるスベリ止めにするつもりで受験することにして、その受験の願書に添付する健康診断書を作ってもらうために、飯田橋の病院に身体検査を受けに行ったのでしたが、「あなた、理科はやめなさい、死ぬよ」と医師に言われたのです。しかし、私が、理科をやめたのはあの医師にそう言われたからではない。私がやめたのは理科ではなく、二高でした。

浪人二年目も私は、市ヶ谷左内坂の城北補習学校に通ったのですが、あの年私は、高等学校は文科に行く気になりました。そして昭和十五年に、第三高等学校の文科と慶応医学部の試験と両方受けて、両方合格したのでした。

医者になる気がなくはなかったのです。が、私の気持は文科に傾いていました。私は、浪人をしていたとき、それほど根を詰めて受験勉強ばかりしていたわけではありません。小説を読み、劇場や美術館にもよく行きました。

とくに映画は頻繁に見に行きました。酒を飲み、初めて遊廓にも足を踏み入れました。

加茂二郎さんも、私と同じように、親とは違って、内地には故郷がなく、新義州を故郷だとは素直に思えず、心を内地に向けていて、いつか故郷のない内地にもどって来る気でいた少年だったのかもしれません。

加茂二郎さんの父親は、横江のキーちゃんの父親の長兄の屋敷のあった常盤町八丁目の敷地の一隅で、今は何と言うのでしょうか、当時は三等郵便局と言いましたが、一人か二人しか局員のいない郵便局を任されていたのです。

キーちゃんの尊父は三人兄弟の末弟で、横江家は兄弟で木材会社を経営したり、その他いろいろと事業を運転していて、新義州の有力者の一人でした。三兄弟のボスは当然長男で、次男と三男のキーちゃんの尊父は、はじめ長男の家の敷地に住居があったようですが、後にキーちゃんの一家だけ、常盤町の一丁目だったか二丁目だったかに、二階建ての家を新築して引っ越しました。

二郎さんも家が近かったので、竹馬の友です。二郎さんは私より一年年長ですが、やはり私より一年年長の藤本洋品店の照さんとよく私の家に遊びに来ました。

二郎さんは口かずの少ない、おとなしい少年でしたが、彼も新義州から出て来て、中野無線と言ったか、東京無線と言ったか、無線技師を養成する東京の学校に入りました。

今はそのようなことはないと思いますが、あのころの植民地の三等郵便局長の給料はよほど少なかったのかもしれません。二郎さんが親から送ってもらっていた仕送りは、額を聞くと私のそれの四分の一ほどでした。私は竹馬の友の二郎さんと、東京でも親しく付き合い、酒代を受け持ちました。そして、酒の勢いを借りて、線香代も私が受け持って、新宿二丁目の廓に行ったのです。

あれが初めての私の性交の経験でした。

二郎さんは、しかし、結局、東京では暮らして行けなくなって、学校をやめて新義州に帰りました。そして、軍隊にとられて中国大陸で戦死しました。

一年年長の二郎さんが、同じく私より一年年長の藤本の照さんと私の家に遊びに来たのは、あの町が、一万人ほどしか日本人が住んでいない小さな町で、竹馬の友だらけだったということでしょうか。

新義州の日本人は、中国人を満人、あるいはニーヤ、朝鮮人を鮮人と言っていましたが、あの町は、日露戦争が作った町だったのです。

釜山から京城まで、京釜線が、京城から新義州まで京義線が、朝鮮半島を縦断します。京義線は安東から奉天への安奉線につながります。安東は今は丹東、奉天は瀋陽、京城はソウルという市名ですが、京義線と安奉線はもとは軍用鉄道だったのです。朝鮮では、日本の県にあたる行政区を道と言いますが、県に県庁があるように、道には道庁があり、朝鮮が植民地だった時代は、道知事は日本人の役人がやっていました。道庁の所在地は、その道で一番大きな町で、平安北道では、新義州が道庁所在地でした。以前は義州という古い町が平安北道の首都だったのですが、日本は、日露戦争後、満洲に進出します。京義線は、もと、満洲へ軍隊や資材を送る軍用鉄道だったのですが、それが半島縦断の幹線鉄道になったのです。

京義線はしかし、義州を通らず、義州からかなり離れた西方に敷設されました。ために新しい義州、つまり新義州が作られました。

新義州は、もと、鴨緑江岸の、芦が一面に生えていた荒野だったのだそうです。その荒野を日本政府は区割して、コロニーたちに格安な値段で土地を売り、あの町を作らせたのだそうです。幹線鉄道の駅のある新義州に、義州は、官衙《かんが》も繁栄も奪われました。

そして、これは、もっとずっと後になって、気がついたのですが、新義州のように、まず日本人町ができて、その周辺に、朝鮮人が町を作り、中国人が入り込んで来たという植民地の町は、朝鮮では他にはなかったのです。

半島を植民地にした日本人は、朝鮮人の居住区を奪って、そこに日本人町を作る。たいていの町の日本人町は、朝鮮人街に割り込み、奪って作ったのです。ところが新義州は、そういう町とは違って、荒蕪の地に、まず日本人がまるで映画のオープンセットの町のような町を作り、そこに中国人や、元来この地の民族である朝鮮人が寄って来てできたという、珍しい町だったのです。

冒頭に書いたように、自分の生まれ育った町が、そのような町であったことなど、私は戦後「螢の宿」という小説を書くまでは、まったく知ろうともしなかったのでした。

故郷と呼ぶには躊躇のあったあの植民地の町に、愛着がなかったわけではありません。しかし、私は、だからと言ってあの町の生立ちなど考える余裕もないほど、内地に憧れていたのでしょう。

内地を思うことは、自分の将来を思うことでした。そして、女や性を思うことも、将来を思うことだったのです。あのころの私は、ひたすら将来のことについて思っていたのでしょうか。

それにしても、私が二高に入れなかったのも、運だなと思います。運が悪くて入れなかったという意味ではなく、あれも人生の岐路の一つであったということです。自分の選択が岐路になることもあり、選択しても拒まれて、それが人生の岐路になることもあるのです。

5

今の入学試験の制度はどういうものになっているのか、私はよくは知りません。今はもう、私が受験生であったころから、戦争をはさんで六十年もたっていて、旧制の中学は、新制の中学と高等学校になり、旧制の高等学校は大学になっています。

私が受験生だったころのことについては、なにしろ、六十年も昔のことですから忘れたこと、曖昧にしか憶えていないことが多いのですが、私は昭和十三年（一九三八年）に新義州中学校を卒業して、仙台の第二高等学校を受験しましたが不合格、一浪して再び同校を受験しますが、またも落第。二浪して京都の第三高等学校の文科に入りました。

旧制高等学校の入学試験が、二次制になったのは、いつからだったでしょうか。旧制中学を卒業した年の受験では、口頭試問は受けていませんから、あれは私が第一次試験で落第したのか、まだ二次制になっていなかったか、どちらかでしょう。

旧制高校の口頭試問というのは、入試が二次制になる前にもあったのでしょうか。昭和十三年の入学試験では、私は口頭試問を受けていませんから、あれは入学試験が二次制になってから行なわれるようになったのではないかとも、考えられます。

十三年の受験の記憶がまったくない。十四年の受験についても、あの吊し上げられたような感じの口頭試問の一シーンを思い出すだけです。試験場の記憶も、どこに泊まったのであったか、そういったことについても、すっかり忘れている。合否発表のボードを見に、わざわざ東京から見に行った記憶がないから、仙台在住の誰かに、電報で知らせてもらったのではないかと考えられるのですが、それを誰に頼んだのであったか、試験から合否発表の日まで何日ぐらいあったか、その間私は、どこにいて、何をしていたのか、一切憶えていないのです。

仙台という街は、そこで私は入学試験で落第しただけでなく、その後、あの街にあった歩兵聯隊に召集されて入隊し、私刑にかけられたりした、みじめな目に遭ったところです。

あのみじめな思いは憶えています。軍隊では、人は人間として扱われません。そこには権力者が決めた階級があるだけで、戦後は、人権がどうの差別がどうのと言うようになりましたが、そんなことを言ったら軍隊は成り立たない。福沢諭吉は、天は人の上に人を作らず、人の下に人を作らず、と言いましたが、とんでもない、わが国の権力者は天ではないから、人の上に人を作り、人の下に人を作りました。彼らは天皇を現人神《あらひとがみ》と思うように国民を教育し、指導しました。その言説に背く者は、不敬不忠の者、非国民として罰しました。

階級や差別のない社会や国家はありません。天皇が日本のトップの人であることは、それはそれでよく、私はいわゆる天皇制を支持する国民の一人です。

けれども、アラヒトガミだの、天皇の赤子《せきし》だのというのを押しつけられるとうんざりします。オイ、オイ、そんな突拍子もないものを、国論だの、日本人なら当然の思考だのと言って押しつけるのはやめてくれ、と心の中では思うのですが、それを言ったらひどい目に遭わされますから、ああそうですか、と聞いているだけで、自分の意見は言いません。

ああそうですか、はい、はい、と口ではいい、内心では、アホンダラ、馬鹿も休み休み言えと思っていた人も多かったと思いますよ。しかし、言われた通り信じて、そう思わない者は許さない、とする国民も多かったのです。

軍隊というのは、人間の価値を階級以上に考えることがなく、そうすることで組織を維持し、アラヒトガミだのセキシだのというカルト教団の教義のような考え方で国民を統制して、陸海軍の最高幹部が天皇という絶対神の名のもとに、オノレの栄達を求めた大組織でした。

祖国のために一命を捧げるとか、醜《しこ》の御楯《みたて》になるとか、美辞麗句は沢山持っていらっしゃるが、あの人たちの大半が何よりも熱中していたのは出世競争です。アラヒトガミに近いところにのし上がる競争です。

それにしても国民は、まんまと、と言うのか、従順に、と言えばいいのか、ああいう人たちの思うままに使われて、無惨に死に、生き残った人たちは、そういう仲間や肉親のことを、英霊などと言っている。

東条英機も英霊です。侵略されたわけでもなく侵略されそうだったわけでもないのに、他国に押し入って、人を殺し、家を焼き、物を奪い、十三、十四の少女から、七十を過ぎた老女まで、強姦し、そのうえで殺したりした皇軍の兵士も多い。そういう兵士の中には、恨みを買って殺された人もいる。そういう兵士も英霊です。

わが国では、東条も、強姦殺人の兵士も、死ねば皆仏さま、あるいは神さまとなって、平等。軍隊のあのすさまじい階級差別は、英霊になれば一応平等です。この考え方は、私は結構なものだと思いますが、しかし、犯人が死んで英霊と呼ばれても、過去の痛ましい事件が消えるわけではありません。たとえそれが、歳月に風化され、忘れられ、記録がなくなろうとも。

こういうことを言ったり、書いたりする私です。あとでまた書くことになりますが、私が二浪して進学した京都の第三高等学校を退学したのも、その理由の一つは、軍と軍の牛耳る国、その指導に、まるでハメルーンの笛吹男について行き、川にはまって死ぬ子供たちのように導かれ、私のような者を非国民とする世間に対する反発と絶望があってのことでした。

このような私は、軍隊にとられて、理由があっても殴られ、なくても殴られました。軍隊というところは、たるんでるといっては、人を殴り、たるみそうだ、といっては人を殴るのです。だれている、たるんでいる、と上級の者が感じれば、気合いをかけるためだといって殴る。それも殴る理由になると言えばなるし、まったく理由がなくても、上級者は下級者を殴ることができます。そその気になれば下級者を私刑にかけることもできます。私が私刑にかけられたのは、三八式歩兵銃を分解掃除したあと、一本の鼻毛ほどのゴミが銃についていたということが理由でした。

「天皇陛下の御分身に、おそれ多くもゴミがついていた」

と言って、古参の兵長は、私を貴重品箱の下に立たせ、捧げ銃《つつ》というのをさせました。中隊の兵士たちの居住区を内務班と言うのですが、内務班の柱に、貴重品箱という木箱がかかっている。なにやら、小鳥の巣箱を連想させる箱でしたが、入浴に行くときに、少額の銭の入った貴重品袋というのを、その箱に入れて出て、浴場からもどると、古兵から返してもらう。そういう使われ方をしていた木箱でした。その下に立つのは、ちょっと中腰にならなくてはなりません。長時間中腰で同じ姿勢でいるのは、肉体的にも苦しい。しかも、その姿勢で捧げ銃をしろと言うのですから、苦しさが倍加します。捧げ銃というのは、銃を顔の前に立てて、両手で捧げ持つわけで、兵士が敬意を表する形のひとつです。帝国陸軍の兵士は、帽子をかぶっている場合は、右手を右の耳あたりに挙げる挙手の礼というのをする。銃を携行しているときは、捧げ銃をする。ただし、銃を携えているときでも、相手と場合によっては、右足前に銃を立てて、叩頭する。内務班など屋内では無帽ですから、気を付けの姿勢で叩頭する。よくテレビドラマなどの軍隊で、室内で無帽の兵士が、挙手の礼をしますが、海軍のことは知りませんが、陸軍ではそのようなことはありませんでした。

捧げ銃は、敬意を表するためだけではなく、私刑にも使われたのです。あの私刑は、体がつらいだけではなく、ぶざまな格好をみんなにさらすわけで、屈辱的でそれが情けない。

軍隊の私刑というのが、いかに人を愚弄する屈辱的なものであって、サディストたちを楽しませるものであったか、私は、短編小説の中で書いているはずですが、私は、私刑にかけられ、仲間の眼にぶざまな格好をさらし、体だけでなく屈辱がつらくて、ボロボロと泣いたのでした。軍隊はそういう社会です。つらい、いやな、馬鹿々々しいことだらけです。それに較べれば入学試験の失敗など、つらい追憶にはなりません。しかし、もちろん、いい追憶ではありません。

軍隊では、私は、こんな国で、こんな暮らしを、いつ解放されるかという目途もなく強いられるなら、いっそ死んでしまいたいと思いました。自殺を夢想しました。けれども、例によって私は夢想するばかりで、自殺などできず、自殺できないなら他殺で死ねばいいのだ、と考え、その後送られた戦場では、タマよ当たれ、と念じたりつぶやいたりしながら、しかし実際に至近弾が来ると、とっさに壕や窪地に身を沈め、ふるえながら、被弾を避けようとしたのです。仙台は、とにかく、夢想で終わったとはいえ、自殺したくなったほどのところです。忘れてしまいたいような追憶が山ほど詰まっている街なのです。にもかかわらず、私は仙台が好きで、あの街には戦後何回も行きました。

街が緑の中に沈んでいて、杜の都と言われていた仙台ですが、戦後、焼跡に再建されたこの街は、それでも他の街に較べると緑が多いのでしょうが、ビルの都になりました。

歩兵第四聯隊のあった榴ヶ岡《つつじがおか》は、今は公園になり、第二高等学校は東北大学の教養学部になっています。

すでに書いたように私は、二高の受験については、あの口頭試問の後味の悪さ、これじゃダメだなと感じ、感じたとおり落第して、もう二高の受験はやめようと思ったことだけは忘れられないのですが、思ってみると、二高に落ちたことも、第四聯隊にとられたことも、私の運だったのですね。

人間というやつは、どれほど強靭に体を鍛えてみても、平素健康を誇っていても、いかに社会で出世しようが、金持ちになろうが、小豆ほどの鉄片の当たりどころひとつで、一瞬のうちに死にます。鉄片ではなく、目に見えないほどのバイキンにだって、簡単に命を奪われます。そうかと思うと、満身創痍の戦傷者が、八十、九十まで生き永らえたり、病気のデパートなどと言っている多病の人が、健康を誇っていた人の葬式で合掌したりすることになるのです。

戦争中戦地に送られて、私は明け暮れ、そういうことを考えました。つまり、なるようになるしかないのだ、先のことはわからないのだから、自分の人生でなにか岐路に立って、どちらかを選ばなければならないようなときには、見通しのないまま、とにかく好きな道を選ぶしかない。その道がどこへつながっていようとも、引っ返すわけにはいかない。当たるもハッケ、当たらぬもハッケ、だ。外れたからといって、ふりだしにもどってやり直すことはできないのです。そのときその状況がふりだしだと考えてなんとかやって行くしかないのが、人間というもので、それは、自分の手ではどうしようもない大河の流れのごときものであり、運としか言えないものなのだ。そういう考え方をする者になりました。

ま、流されるままに流されましょう。その流れの中で岐路にさしかかったら、不明の行き先を懸念して悩むより、できるだけのんきにやれることをやってみましょう。

そんなふうに、今の私も思っているのです。しかし、好きな道を選ぶ、と言っても、選んだ道に進めない、ということもあるのです。私は二高への進学を選んだけれど、進めませんでした。これは、それも運、ということになるのでしょうね。私を流しているものが、私の選択を拒んだ、ということになるのでしょうか。後になって振り返って思ってみると、あるいは選んだ道へ進めなかったのは、幸運であったかもしれんぞ、と思うのです。架空のことを言っても、しょうがありませんが、私には二高には行けない運があり、もしそれがなければ、私の将来は別のものになり、それはどんな将来であろうと、自分の性格を考えてみると、とにかく好ましいものではなかったのではないかな、と思っているのです。

過去のことを、そんな、もし、たら、で思ってみるのは、無意味でしょうか。いいえ、未練や後悔があってのことではなく、私はそういったところに自分の、ということは、人の、運というやつがあるんだ。人とはそういう存在なんだ、はかなく、軽いな、と思います。

人生とは、運だらけ、自分ではどうにもならないものだらけ、ではありませんか。選択は自分の意思であり、それが招来したものについては、当然、引き受けなければならない、なんて、えらそうなことを言ってみても、選ぶ、ということは、自分の力の及ばない〝流れ〟の中にあり、〝運〟の中にある。選んでもはね返されてしまうことがあり、拒んでも拉致されてしまうこともある。人は、自分が選んだのだから引き受けなければならないのではなく、選ぼうが選ぶまいが、自分にふりかかって来るものを、引き受け、付き合って行かなければならないのです。

なにか、自立するだの、責任を負うだの、という言葉が虚しくなって来ます。地球に棲む生物がどれだけあるか知りませんが、人間という抜群の生物がいる。私たちは、自分が人間に生まれたことを当然のことに思っていますが、まず私たちの存在自体が、運の所産です。もしかしたら出会うことがなく終わったかもしれない男女が出会い、性交する。男の発した精液の中の何億もの精子の一つが卵子と合体して生命が生じるのだそうで、私たちはその何億の中の一つの存在なのですが、その希有の当選も、コンドーム一個で無効になる。そういうことを考えると、人間とは、そして生命とは、なんと得難く、かつ、はかないものだろうかと思います。

そのはかない存在が、学校などを作って、他のはかない存在の進路を作る。軍隊などという組織を作って、他のはかない存在を大量に殺す。

二高の入試に落ちたころは、私は、まだしかし、このようなことは考えていませんでした。

あの年ごろの私は、自分をはかない存在だなどとは思わず、この国のエリートコースを進む気で気負っていました。はっきり将来の目標を決めていたわけではない。将来、なりたい職業があったわけではありません。けれども、とにかく旧制の高等学校に進み、東京帝国大学に行く気でいました。戦前は、東京大学を東京帝国大学と言い、東大ではなく東京帝大と言っていましたが、帝大の何科に行くかは、高等学校を卒業するまでに決めればいい。今は、理科にするか文科にするかを決めるだけでいい。そう思っていて、浪人二年目に、私は志望を文科に変えたのでした。

志望を理科から文科に変えたのは、二高の受験に失敗したこともありました。飯田橋の病院の医師から、君の体じゃ理科に行くのはやめた方がいい、死ぬよ、と言われたことも少しはあったかもしれません。理科は勉強がハードで、私のような虚弱な体では発病必至だというのです。けれども、実のところは、私は受験浪人をしているうちに、私は自分が、理科には向かないと思うようになったからです。理科には向かない、というより、文科系統の方が好きだし、性格体質に合うのではないか、と思うようになったのです。

昭和十四年も私は、市ヶ谷の城北高等補習学校に通いました。城北高等補習学校を私たちは、城北予備校と言っていましたが、私は昭和十三年と十四年と、二年間、あの予備校へ通ったのです。予備校のことも、ろくに憶えていませんが、私は浪人中、新宿百人町と下北沢で間借りしていました。はじめ百人町で間借りし、そのあと下北沢に移ったのだったと思いますが、いつからいつまで百人町に、あるいは下北沢に住んだのだったかなど、詳細は忘れました。

ただ、予備校時代、どちらからも、よく新宿へ出かけました。新宿は、前記のように、私が、新義州中学の一年上級の加茂二郎さんと二丁目の廓へ行って、いわゆる性の初体験をしたところです。妓楼の玄関に、遣手《やりて》婆《ばばあ》というのがいて、オニイさん、オニイさんと呼ばれて、加茂二郎さんと、入ってみようかと話し合って登楼したのだったと思います。妓夫太郎《ぎうたろう》と呼ばれる小父さんではなく、遣手婆と呼ばれる小母さんに呼び込まれたのだったと思いますが、よく憶えていません。けれども、登楼して待合室のような部屋に現われた敵娼《あいかた》を見て、昂奮が萎えた感じは憶えています。私の敵娼も、二郎さんの敵娼も、くたびれて、汚れた感じ、というのでしょうか、どだい期待する方が間違っているのでしょうが、私が期待していたものとは違っていて、味気ない思いをしました。にもかかわらず、その後、たまにですが、二丁目にも行くようになりました。

しかし、だいたい、純喫茶へ行くか、映画を観るかして帰って来る。戦前の新宿には、歌舞伎町などはありませんでしたが、喫茶店街があり、映画館があり、デパートがあり、レストランがある。日本人一万、中国人八千、朝鮮人三万ぐらいの朝鮮の小さな街から出て来た私にとって、東京はまばゆい歓楽都市です。

あのころは、銀座、浅草、新宿、渋谷、神楽坂が、東京の代表的な盛り場でした。今は東京の盛り場はふえています。あのころとは較べものにならないぐらい賑やかだらけの街になっています。あのころの新宿も、私にとっては、まばゆく、飽きることのない街でした。

東口の、あれは何通りと言うのですか、高野フルーツパーラーや中村屋のある通り、あの通りをはさんで、中村屋の対《むか》い側に、オリンピックというレストランと森永キャンディストアーという店が並んでいて、そのあたりの路地を入ると、純喫茶店というのが十軒ぐらい軒を並べていました。

今でも、純喫茶などという呼称はあるのでしょうか。戦前は、ソフトドリンクだけでアルコールは売らない喫茶店を純喫茶と言い、純喫茶ではレコードを聞かせる。クラシックを聞かせる名曲喫茶というのがありましたが、これは今でもどこかにあるんじゃないですか。ジャズ専門のジャズ喫茶というのもありました。マンガ喫茶というのはなかったけれど、コーヒーは二十銭ぐらいでした。あの新宿の純喫茶街のウェイトレスは、結構着飾っていました。

そういうところへ行って、一時間も二時間もレコードを聞く。映画は、封切館の入場料は、五十銭だったかな、六十銭だったかな、しかし、光音座という三十銭で封切でない洋画を見せる映画館があって、私は頻繁に光音座に行ったものでした。

浪人中、小説も読みました。小説を読み、映画館や喫茶店に通っているうちに、私は理科ではなく、文科へ行こうと志望が変わったのかもしれません。

城北予備校で、さほど私は受験勉強に精を出したわけではありません。純喫茶や映画館に通い、あれだけ小説を読み、歌舞伎座へ行ったり、ムーラン・ルージュへ行ったりしていたのですから、受験勉強に打ち込んだ時間は少なかったのではないでしょうか。それでも模擬試験の成績は、全校六百人のうち百番前後でした。それぐらいの順位なら、マアマアといったところです。浪人二年目には、もうちょっと順位が上がりました。それで、確信があったわけではありませんが、可能性はあると考えて、三高の文科を受験したのです。

城北の二年目に、安岡章太郎や倉田博光や高山彪と同じ組になりました。安岡や倉田も浪人二年目で、彼らは一年目の前年は、夜間部にいたのだそうです。城北では、一年夜間部にいれば、二年目は無試験で昼間の部になるのだということでした。

倉田と高山とはその後、数年後に戦死しましたが、彼らと出会ったのも運だと思います。彼らにとっても運です。特に倉田博光は、後日、私と歩調を合わせて玉の井通いをするようになり、やみくもに、童話作家になると決めたのですから。

もしかしたら、彼の戦死も、私と出会ったことにつながっているかもしれません。だとすれば私は友人殺しです。

私は倉田の尊父から、朱に交じわれば赤くなる、君は博光を赤くした朱だ、と言って責められ、私は、僕が朱なら、博光君だって朱ではないか、と反論したことがありました。けれども私の自意識では、倉田は朱ではなく、私だけが朱なのです。だが彼との出会いも、誰にもどうしようもない運であったとは思うのです。

6

　三高の受験は、うまく行きました。三高の二次試験も、面接というのか、口頭試問というのか、受験者は試験官の質問に答えるのですが、大ぜいの試験官に取り囲まれて吊し上げられた二高の二次試験とは違って、二人の試験官と小さなテーブルを間にして対い合い、話を交わすといったなごやかな感じのものでした。

　入学してから、ああ折竹先生が、あの二人のうちの一人だったのだ、と思いましたが、折竹先生から、「八紘一宇」とはどういうことかね、と言われ、実はよくわからないんですが、世界を御稜威《みいつ》の下にするということではないでしょうか、と私は言いました。

「それは、侵略主義とは、どう違うのかね」

「いや、やはり侵略主義だと思いますけど」

そう答えると、折竹先生はハハと笑い、もう一人の先生もほほえんだ。そして、

「君は去年は二高を受けたんだね。今年はなぜ三高にしたのだね」

と訊かれました。

私は、実は私の父が二高の理科出身の医者なので、私も二高の理科へ行く気になっていたが、浪人中に気持が変わって、文科に行きたくなった。文科なら、三高に入りたくなったのです、と言いましたが、実は理科も文科もなく、あの年の私は、三高に入りたくなっていたのでした。

折竹先生は私の話を、うなずきながら聞いてくれた。なごやかな感じの面接でした。なにか、今度は通りそうだな、という感じがしました。

仙台の、これじゃダメだろうなと感じた予感も、京都の今度は通りそうだな、と感じた予感も、当たりました。

三高に合格して、ああ二高に入れなくてよかったな、と思いました。三高の掲げる標語は〝自由〟でした。二高は〝質実剛健〟でしたが、私には、質実剛健は無用、自由がいい。実際には、あの時期、日本にはもう自由などなく、けれども、だからなおさら私は、言葉だけでも〝自由〟に惹かれたのです。

それに、面接で、八紘一宇も侵略主義だと思うと言っても、ハハッと笑って聞いてくれるような、私にとっては、最高の試験官に恵まれ、入学すれば〝自由〟をモットーとする学校だけのことはあり、他の学校のように、どうでもいいような校則で生徒をしばったりしない。その感じがよくて、それだけに私は、いい気になって羽を伸ばし、羽目を外したのかもしれないな、とあとになって思いました。

旧制の高等学校は一般に、バンカラというのがトレンドでした。

バンカラのバンは野蛮のバン、カラはハイカラのカラです。つまりバンカラとは、豪傑ぶりファッションで、旧制高校では、豪傑ぶりが流行していたのです。これは今の大学の体育会系と呼ばれる学生さんにのこっているファッションだが、汚れた羽織、羽織の紐は新撰組の隊員風の首にかける太いやつ、朴歯《ほおば》の高下駄、という豪傑ぶりファッション、そう釣鐘マントも旧制高校のファッションでした。

旧制の高等学校には、東京の一高から名古屋の八高まで、いわゆるナンバースクールと呼ばれていたものがあり、そのほかに在所の市名を冠した弘前高等学校だとか高知高等学校だなどという学校が全国に十数校ありました。さらにそのほか、成城高等学校だの東京高等学校だのという、中学と高校のつながっている七年制の高校が数校ありました。

七年制の高等学校には、豪傑ぶりファッションはなかったようですが、どこの高等学校にも、豪傑ぶって得意になっている若者が多かった。その点でも三高は、一色に染まっていなくて、豪傑風もいるが、飾らず、崩さず、自然な服装をした生徒も多く、豪傑派と自然派が互いに干渉することもない。私はあの学校のそういう校風も気に入っていました。

三高がいかに自由で、開放された学校であるか、いくつかのエピソードが、誇らしげに語り継がれていました。三高の校庭は誰でも通行が許されているので、行商人が教室の窓の下で一服する。こんな光景はほかではめったに見られない、だとか。三高生には、帝大を卒業すると家業の八百屋をやっている者がいて、なぜ八百屋をやるのに帝大まで行ったのか、と訊いたら、勉強したかっただけなんだと言った、だとか、三高の寮は門限なし、外泊自由、入寮も退寮も自由、そういう校風なんだ、と三高の校風についての自慢話をいろいろ聞かされました。

自慢話というのはいいものではない。しかし私は、そんなことを自慢話にする校風が好きでした。しかし、そんな校風の学校であったから、私はいい気になり過ぎていたのです。甘くなり過ぎていたところがあったと思います。それは、私の稚さでもあったと思います。

面接で、折竹先生に、八紘一宇は侵略主義だと言って、咎められず、入学を許された。そういうことだとか、外泊自由の寮だとか、そういうことを私は、我田引水に取り込んで、ここでなら本音が出せると錯覚したのです。三高のモットーが自由でも、折竹先生の思考が柔軟でも、あの時期の日本の社会には、もはや自由などなかったのです。他の先生方すべてが、折竹先生のような考え方をしていたのではないのです。にもかかわらず、私は、そうとは気づかず、図に乗って自分流を押し通し、ためにエリートコースから転落したのでした。

私は、三高の面接で、自分は浪人中に、理科志望から文科志望に気持が変わった、と言いましたが、実は理科志望の気持ものこっていたのです。だから、三高に入った年、慶応の医学部も受験したのでした。

大東亜戦争が始まり、結局その特典はなくなったのですが、それまでは、学生には徴兵猶予の特典というのがありました。二年間は、学生の徴兵は猶予するという法律があって、だから私たちは、受験浪人は二年までにして、二年目にはケリをつけることにしていたのでした。

実際には、三年も四年も浪人する者がいる。友人に、なにがなんでも一高に入るんだと言って、五年目に念願を果たした人がいましたが、二年以上浪人する者は、在学中の徴兵を覚悟しなければならない。その徴兵検査で、不合格になれば幸いですが、あのころは、第二補充兵だの第三補充兵だのといって、戦争がなければ、教育召集などという短期の入隊で帰してもらえたはずの者も、軍隊の徴集からのがれられない時期が近づいていたのでした。

そういうことも知らず、私はあのころの常識通り、二年でケリをつけたのです。今度は、三高文科丙類と慶応医学部と、両方に合格しました。

どちらに行こうか、当時、朝鮮新義州で医院を開業していた父に、電報を打って相談しました。もし、父が、慶応に行けと言ったら、医者にならなきゃなるまいな、とも思っていましたが、好きな方に行けという返電を受けて、私はホッとしました。

それなら、と私は三高を選んだのですが、あれは、私が自分で選んだ岐路だったな、と思います。

例によって、もし、たら、を考えてしまいます。もし、あのとき、父が慶応に行けと言ったら。あるいは、もし、あのとき、三高に合格しなかったら、私の人生は違ったものになっていた。両方落第していたとしても、別の人生になっていたわけでしょうが、もちろん、別の人生、違った人生と言って、それは、もし、たら、の話だから、どんなものであったかは、わからない。

あるのは、今の私につながる現実がひとつ。けれども思います。もし、あのとき、もう一つの方を選んでいたら、それがどんなものであったかはとにかく、別のものがあった。

しかし、選ぶとは、どういうことでしょうね。今考えてみると、選んで拒まれた二高のことも、なにかを私は選んだということになるのではないか。私たちは、あるとき、自分で何かを選ぶ。たとえば、三高か慶応か。それによって、自分の人生が決まる。あのとき、もし私が三高を選ばなかったら、今のこの私が別のものになっていたことだけは確かです。生死もわからない、別のものに。

けれども私はまた、こんなことも思うのです。私たちは、何かを選んでいるつもりで、個人を超えた強大な何かに、ただ流されているのかもしれない。とにかく、自力などというものはない。あってもそれは微弱なものだ。ときとして人は、さあ、右か左か、どちらかを取れ、という立場に立たされる、そしてその選択の先で、恵まれる人もおり、ひどい目にあう人もいる。恵まれるなどということは、その人の感性や思考が決めることだし、選んだあとで、しまった、と思ってもおそい。第一、選ばなかった道の人生は、わからないし、ないわけだ。だから、先の見えない道を選ぶことは好き嫌いで決めればいい。なにしろ、先のわからないことなのだから。――

しかし、あのころは、こんなことは、毛頭考えませんでした。三高に入学するために、東京の間借を引き払い、京都に向かいましたが、あのころは、落第も、個人を超えた強大な何かに何かを選ばせられているのかもしれない、だとか、選んだことも、もしかしたら何かに選ばせられているのかもしれないぞ、だとか、そのようなことは、つゆ、考えませんでした。

私は、得意になっていました。これで在学中に兵隊にとられることもない。おふくろにも喜んでもらえる。そして、新義州の中学のようなアホウな校則に拘束されることのない、自由な学校で、調子に乗りました。

しかし、自由をモットーにする学校でも、あの時代に国に反発すれば、ドロップアウトするのが当然です。それを予感しながら私は、帝国軍隊、そして帝国軍隊の牛耳る神国日本に反発せずにはいられませんでした。私は、だからといって、反戦運動をするような学生にはなれず、なろうともしませんでしたが、あの国に順応する国民にもなれず、なりませんでした。

前回にも書きましたが、あのころのわが国はカルト教団のようなものでした。あの虚偽と狂信には、順応できませんでした。

思い出すだに情けなくなります。自分の国を神国と言う、世界に冠たる日本と言う。いざというときには、神国だから、元寇のときのように神風が吹くと言う。アラヒトガミだの、天皇の赤子《せきし》だのと言う。祖国のために一命を捧げた人の英霊だの、醜《しこ》の御楯《みたて》だのと言う。今も、戦没者は、国を護るために命を捧げた英霊といわれている。

しかし、何が神国ですか、世界に冠たる、ですか。神風ですか。カルト教団の信者でもなければ、こんな馬鹿げたことは言いませんよ。これも前回書きましたが、戦前は、軍人や政府のお偉方が、狂信と出世のために多数の国民を殺して、国を護るための死ということにした。日本の中国侵略がなぜ御国を護ることになるのかは説明できないし、説明しない。そこにあるのは上意下達だけで、それに反発する者は、非国民なのです。

やむにやまれぬ大和魂、などと言います。なにが、やむにやまれぬ、ですか。軍人の軍人による軍人のための美化語、あるいは偽善語が、国民を統御し、誘導し、叱咤するためにやたらに作られ、使われました。八紘一宇などという言葉もそうです。中国に侵略して、なにが八紘一宇ですか。

統計をとったわけではありませんから、その数や比率はわかりませんが、心では苦々しく思いながら調子を合わせていた人も少なくなかったと思われます。しかし、すすんであのカルト教団のお先棒を担いで、私のような者を非国民と呼び、排除した同胞の方が、おそらくは多かったのではないか、と思われます。

わが国には昔から、長い物に巻かれろ、という言葉があります。寄らば大樹の陰、という言葉もあります。それが庶民の護身法だというのです。面従腹背という言葉もありますが、いずれにしても表向きは、長い物や大樹や強いものには、協力したり、従っているふりをしていないと、ひどい目にあう。偽りでも、セコくても、そうした方が得だという処世術です。

たしかに、世界に冠たる大和民族は、長い物に巻かれ、大樹の陰に寄り、内心何を思っていようと面従し、社会の平穏と、自分の得を護る傾向の強い国民なのかもしれませんが、私は、あのころは、自分にできるかぎりは、あのインチキ宗教に反抗しました。

といって、不敬罪などという法律があった時代ですから、うっかり口にした言葉が咎められて、特高だの警察だのに、しょっぴかれたりする。だから私は、自分の考えていることは、それが言える友人にしか言いませんでしたが、三高に入ってすぐ、倫理の時間に校長先生に反論して、先生を困らせ、自分も傷ついたことがありました。

倫理の時間というのは、修身の時間です。毎週一時間、校長が教室で何か話す。あのとき校長は、

「日本は東洋の長男だ、支那は次男だ、次男が間違っていれば長男が正さなけ

ればならない」

と言ったのです。挙手をしてその言葉に噛みつきました。

「先生は、今、日本は東洋の長男だ、支那は次男だと言われましたが、長男だの次男だの誰が決めたのですか。日本が勝手に決めたのでしょう。ならば支那が、支那は東洋の長男だ、日本は次男だ、次男が間違っていれば長男が正さなければならない、と言ってもいいわけですね」

三高の校長ともあろう人が、長男だ、次男だなんて、なんと幼稚なことを言うんだ、と思いながら私はそう校長に言ったのです。折竹先生には、さすが三高の先生、と思いましたが、森校長には、三高の校長ともあろう人が、と思いました。

私がそう言うと、校長はしばらく絶句して、

「今日の授業はこれでやめる」と言い、私には、「古山君というのかね。古山君、うちに遊びに来たまえ、いろいろ話をしようよ」

と言ったのです。

やっと私は、気がつきました。先生は、職業のために、心にもない幼稚なことを言ったのです。それを私は、思い遣りもなく攻撃したのです。校長を攻撃しても、世の中が変わるわけのものではない。それこそ私も、あのような場所では、長い物に巻かれ、校長の話を聞き流していてもよかったのです。

しかし、校長が心にもないことを言わなければならないような教育とは、何だろう、と思い、落胆しました。この学校でも、私たちは本心を出せないのか。そう思うと、私はどんなふうにやって行けばいいのかわからなくなりました。

あのころの私は若い年ごろの、純真と単純の中にいた。理想と現実を無理に一致させようとして、うまく行かずに転落してしまったのです。理想と現実が一致するなどということはありません。人はそれを知っているから、妥協したり、不満を押えたりしながら生きるのです。そのために、逃げたり偽ったりもする。人が長い物に巻かれるのは、必ずしも、品性下劣だからだとは言えません。俗物だからだ、とは言えません。人には一致しないものを、一致させないまま、バランスをとることで、なんとかやって行かなければならない部分もあります。しかし、若かった私にはそういうところまで、思考が及ばなかった。ありえないものをがむしゃらに追い求め、バランスを失し、墜落した。そう私は回顧しています。しかし、私は、先生が本心でないことを言う。そういう教育とはいったい何だ。そんな教育を受けることに何の意味があるのか、疑いました。もう一つ、私が自分に矛盾を感じたのは、自分がエリートコースのレールに乗っていたことです。

満洲事変や支那事変が、祖国を護る戦争だとは、私には思えませんでした。こちらが侵略しなければ相手に侵略される。だから侵略も祖国防衛の手段だ。そういうことも言えるかもしれません。しかし、あのころ、そういう状況があったとは考えられませんでした。

満洲事変も支那事変も、日本軍の思い上がった蛮行だとしか、私には思えませんでした。

よその国に入って、その国を荒らして、それを暴支膺懲《ぼうしようちよう》だの聖戦だのと言う。そんな理屈が通るわけはないのだけれども、わが国では通しました。日本は満洲に満洲国という傀儡《かいらい》国家を作りましたが、これも、五族協和だの王道楽土だの、一応調子の良いことを看板に掲げましたが、もちろん、日本が日本のためにつくった傀儡国ですから、欺瞞の国です。五族というのは、日本、漢、満洲、朝鮮、モンゴルの五民族ですが、要職は日本人が独占し、日本の望むがままの国を作ろうとしたのです。

五族協和というのは、例の美化語であり、偽善語です。あんなに日本がのさばったのでは、協和にはならない。けれどもわが国は、美辞麗句で飾ることで、おそらく、自分自身を偽るのが好きなのです。偽っているうちに、嘘が本当に思えて来る。そういうのが好きな民族なのかもしれません。あとになって、支那事変を東洋平和のための戦争だとか、大東亜戦争を東南アジア諸民族を独立させる戦争だなどと言う。嘘をつきなさるな。結果で動機を変えてはいけない。

支那事変がなぜ聖戦なのだ。イスラムの聖戦《ジハード》同様、あれも天皇教徒の戦争だったからか。

日本軍は、いつか中国軍に侵略されることが心配であんなことをしたのでしょうか。あれが侵略の先手を打った侵略だと言えるのでしょうか。そう言うには無理があります。

一方、東洋の次男の支那の立場に立って言えば、あれは侵略をしりぞけるための戦争です。よその国の軍隊が入り込んで来て、人を殺し、少女や老婆まで強姦し、家を焼き、物を奪ったら、戦うのが当然です。いわゆる良民に対する殺人、強姦、放火、略奪はなかったとは言えますまい。日本人も大東亜戦争では、満洲などではひどい目にあいましたが、だからあいこということにはならない。

昭和十五年、私は、祖国の傲慢と嘘が、いやでたまりませんでした。支那に対しては、日本軍が一方的に悪いと考えていました。その私が、日本のエリートコースにいるということはどういうことか。将来、私の嫌っている傲慢と嘘の国で偉くなろうとしているわけではないか。なにか矛盾しているのではないか、と思いました。

これも、若く稚ない者の純真で単純な思考だったのかもしれません。しかし、私は、支那に攻め入って、殺人、強姦をして、皇威発揚だの暴支膺懲だの聖戦だのと言う自分の国がいやでいやでならなかった。と言って、私には、ひとりでそう思うこと以外なにもできませんけれど。

とにかくこの国では、出世してはいけないのだ。そう思うのですが、だからといって、さっさとエリートコースから降りる気にもなれない。三高には、優柔不断の私を、矛盾の中に閉じ込めておくだけの魅力がありました。

京都のあの学生生活も、エリートコース自体も。結局、私は十六年の三月、一年で退学することになったのですが、あの学校には、最後まで未練がありました。

7

母が朝鮮の北の端の新義州から、南端の釜山まで、帰省する私を迎えに来てくれたのは、昭和十四年だったでしょうか、十五年だったでしょうか。

十四年だったとすれば、私は受験浪人中で、東京から帰省したことになるし、十五年だったとすれば、京都からの帰省であったということになります。

私が新義州中学を卒業した年は、同窓会の名簿に載っています。二年浪人したことは確かです。三高に入ったのが十五年、退学したのは十六年、軍隊に取られたのが十七年、そういったことは、本の巻末に掲げられたりしている私の年譜通りですが、母が釜山まで私を迎えに来てくれたのは十四年だったか十五年だったか、ということになると、さあどっちだったかわからない。

旧制中学を卒業して、軍隊に取られるまで、私は新義州・東京間、または新義州・京都間を往復する旅を十回ぐらいしているはずです。浪人中と三高に在学中は、春夏冬の休暇に往還する。三高を退学して軍隊に取られるまでの一年半の間は、東京で無為徒食の日々を過ごしていたのですが、その無為徒食中にも二度ぐらい往還しました。

三高に在学中に、母が脳溢血で倒れたのは、冬休みに私が帰省する前でした。四年ほど前（一九九八年）に、八十七歳で死んだ長女のミツ子が、そのころ軍医の夫が北支に出征していて、姉は新義州の実家に来ていて、手紙で知らせてくれたのでした。

母が倒れたのは、昼食をとりに病院から自宅に帰って来ていた父の前だったのだそうです。母は医者の夫の前で倒れたのですから、これ以上のない迅速な手当てを受けたわけで、そのまま床に就いてはいるが、今すぐ帰って来なければならないような病状ではないということでした。

そういえば母は血圧が高く、しばしば頭痛に悩んでいたな、と思い出されたのでした。頭に鉄の輪をはめられて、締めつけられているようだ、と言ったことがありました。あの年、母は五十歳でした。

母の発病で、朝鮮新義州の私の家の恵まれた状態は終わりました。私の得意も、あの年で終わりました。冬休みに、京都から帰省したとき、母は床に就いていましたが、姉が手紙で知らせてくれたとおり、容態はまだ軽症で、話も普通にできました。

私の生家は町医者で、病院と自宅は棟続きになっていました。病院の玄関に向かって、右手に自宅があり、病院は玄関を入ると正面に診療室と治療室があって、左手に病室が何室か並び、裏手に四室の隔離病棟がありました。

あの町には、平安北道立病院という公立の総合病院がありましたが、他には町医者が何軒かあっただけで、そのうち病室があり、入院のできる病院は、父が開業した新義州病院だけでした。

入院患者と病院のスタッフ、私の家族、大ぜいの食事を、支那人のコックが作る。あの家は、コックと人力車夫とボイラーマンと掃除夫の四人の支那人を雇用していました。看護婦が四、五人、女中が二、三人いました。あのころ、新義州の日本人は、支那人を、支那人または満人と言っていました。満人とは満洲人を縮めた呼称ですが、私の家にいたのは四人共漢民族です。満洲には、満洲土着の民族がいるのですが、その数は、中国大陸から流入している漢民族よりずっと少なく、私たちは、満洲民族と漢民族とを区別せずに、支那人と言ったり、満人と言ったりしていたのです。

看護婦のうち二人は朝鮮人でした。女中の一人は朝鮮人でした。他に日本人の会計係と、朝鮮人の薬剤師がいて、自宅の一階の八畳があの家の茶の間であり、病院のスタッフの食堂でもありました。茶の間の隣室が両親の寝室、その隣りが応接間で、茶の間の奥に、湯殿と厠《かわや》があり、二階には十二畳の座敷と、八畳と六畳の間があるという間取りの赤レンガの家でした。

古山の家族は両親と、子供は、長女、長男、次男、次女、三男、三女、男の子三人、女の子三人の六人です。私は次男で、上に姉と兄、下に妹と弟がいたわけです。

六人きょうだいのうち、母に一番可愛がられていたのが、私だったと思っています。親は、みんな自分が腹を痛めた子であっても、必ずしも平等に可愛がり、愛をわかち合うものではありません。私も母が好きで甘えていましたが、母が半島を縦断する特急列車に十八時間も乗って、釜山まで帰省する私を迎えに来てくれたりすると、なにかそれが、特別のことのようでもあり、当然のことのようにも思っていました。なにしろ一番可愛がられていたのですから。

連絡船が近づくにつれ、桟橋に立っている母の姿も近づく。六人きょうだいのうち、お母さんは、僕だけ十八時間もかけて釜山まで迎えに来てくれた。それが、きょうだいたちに、いささかやましく、そして、得意でもありました。だんだん、母の姿が近づくあの感じが、私には忘れられません。けれども、あれは私の浪人二年目の夏休みだったか、三高に入った年の夏休みの帰省のときであったか、思い出せないのです。

戦前、新義州から東京までは、特急列車を乗り継いで、四十八時間かかりました。京都までなら、三十九時間、なにしろ、朝鮮半島の縦断に十八時間、関釜連絡船が四、五時間、下関から東京までまた十八時間で、乗換えの時間を加えると、それだけの時間がかかる旅行になったのでした。

京都から東京までの特急の所要時間も、今の三倍、九時間かかりました。そんな時代でしたから、そして、母が脳溢血で倒れたといっても、簡単には帰れません。ま、軽症だから、今すぐ帰って来なくてもいい、と姉が手紙をくれたので、あの時は冬休みを待って帰ったのでした。それにしても昭和十六年の正月は、それまでに較べると寂しいものになりました。

コックがいるので、母は普段は炊事はしない。けれども、毎年、お節料理だけは、母は自分で派手に作りました。芋を使わない栗だけの栗きんとんなどを作る。お節料理に関しては、自分で包丁を使いました。支那人のコックは下働きをさせられていました。

十六年の正月は、姉が母の代役を務めて、お節も一応は作ったのですが、母が元気であったそれまでのような華やぎはもはやありませんでした。

倒れる前の母は、よく家族を新義州のステーションホテルに連れて行ってくれました。でなければ鴨緑江の対岸の安東にあった鴨鴻春という支那料理店に連れて行ってくれました。

満洲の街、安東には、駅前に洋車《ヤンチョ》（人力車）と馬車《マーチョ》があって、客を呼んでいる。その馬車の二台か三台に分乗して、鴨鴻春に行く。新義州の中学では、親と一緒でも飲食店に入ることを禁じていたのですが、しかし、母はあのバカげた校則にはこだわりませんでした。五月には、満洲の桜の名所と言われていた鎮江山に、女中にお重を持たせて行く。秋は、安東から安奉線でいくつ目かの五龍背温泉に、家族全員で出かける。

派手で行楽好きの母でした。行楽好きなだけでなく、池の坊の免状を取り、宝生流を謡い、琵琶や琴を弾いたりする母でした。そういう母を私は、有閑マダムのお母さん、と言っていましたが、有閑マダムのお母さんが、寝たきりのお母さんになると、あの家は墜落し、そして、私もまた墜落したのです。

母は、私の墜落を知らずに、床に就いていたのでした。私は、三高の寮には一学期いただけで、二学期からは、北白川の大川さんという人の家に間借りしました。部屋を借りただけで、食事は外食です。夜半に帰ろうが外泊しようがお構いなし、という点では、三高の寮の方が自由寮という名の通り自由でした。大川さんの家の間借りでは、夜半に帰宅するわけにはいかない。その点では不自由でした。しかし私は独居したかったのです。

大川さんの家に間借りしたころには、私はもう生徒としては墜落していました。一学期の成績はビリでした。これでは進級できないぞ、と一学期で思いましたが、だからといって勉強して席次を上げるべく努力する気にもならず、それどころか、ますます転落の道を歩き始めました。

遊廓通いを始めました。京都は娼家の多い街で、宮川町、祇園の乙部は、遊廓ではなく、お茶屋と言っていたのだったと思いますが、娼家の街でした。

島原という花魁道中のある遊廓もあり、そのほか、上七軒だとか、五条新地だとかいう娼家街もありましたが、私が通ったのは宮川町でした。宮川町と祇園乙部は、遣手婆のいる娼家に上がって、置屋から娼婦を呼ぶわけです。祇園には甲部と乙部があって、甲部は紹介者のいない一見《いちげん》の客は上げてもらえない格式の高い花街です。乙部は、四条通りを隔てて、甲部の北の一帯にあって、鴨川べりの宮川町と同じように、一見でも上がって娼妓を呼んでもらうことのできる花街でした。

祇園の乙部は、祇乙と呼ばれていました。私は祇乙に行ったこともある。しかしそのうちに、宮川町にばかり行くようになりました。

線香代は、時間で三円ぐらい、泊りで十円だったと思います。

あのころ、神戸の貿易商の子息で、毎月、二百円だの三百円だのという企業の重役の給与並の仕送りをしてもらっていた三高生もいた。そうかと思うと、月に二、三十円ぐらいの仕送りしかもらえず、家庭教師などをしてなんとか不足を補っていた生徒もいた。私は、八十円送ってもらっていましたが、三条河原町にあった書店と契約して、毎月、購入した本代の請求書は、親元に送ってもらっていた。購入した本は読みおえると、古書店に売りました。仕送りと古書店から得た金で、宮川町に行き、娼妓を抱いていたのです。

本は一日に一冊は読みました。小説本を読んでは売り、宮川町へ行く。そんなことをしていて席次が挽回できるわけはありません。それでも、二学期の席次は、ビリから二番で、一学期よりは一つよかった。

私の席次のことや、私が学校の勉強をせず、小説ばかり読んでいること、宮川町に入りびたっていること、私がそんな日々を送っていることなど、両親は知りません。

だが母は、あの二学期までは、とにかく元気だったのです。あれは初秋のころだったでしょうか、母は新義州から四十時間かけて京都に来て、二泊し、さらに九時間かけて、兄のいる東京まで足をのばしたのです。

兄の就職か縁談のことで出て来たのだったのだと思いますが、私のいる京都にも寄ることにしたのです。

母は京都ステーションホテルに部屋を取っていましたが、ホテルなんかではなく僕の部屋に泊まってよと言い、大川さんの二階へ連れて来て、翌日、私も同行して、母と一緒に東京へ行ったのでした。京都では水炊きの新三浦へ行き、東京では兄と三人でローマイヤというレストランへ行った。あのときの銀座での写真が一枚ありますが、あれが元気な母の最終の姿です。

京都はわが国の伝統芸術のメッカのような街です。だから植民地育ちの私は、京都に親しみたかった。新義州という町がどのような経緯でできたかについては既述しましたが、あの町は植民地には珍らしいまず日本人町ありきの町でしたから、他の植民地の町より、内地をそのまま移したものの多かった町だったと思います。しかし、新義州の邦人たちが作ったのは、結局は内地のコピイでありレプリカです。あの町の人たちは、異国に内地を再現することに熱心でした。コロニーたちは、望郷の気持をこめて、祭礼を催し、小さな町で、神輿を練り、牛に山車を曳かせて、それに乗った芸者衆が三味太鼓を鳴らして、奴っこさんやかっぽれを踊りました。夏には鴨緑江岸で花火大会を催し、暮には餅を搗《つ》く。ねじり鉢巻の搗き手に朝鮮人の若者を雇ったりはしていましたが、内地にあるものは、一応総て、内地そっくりにあの町に再現しようとしていました。

しかし、そういう町にいると、ますます、本物の日本に接したくなるのです。

もちろん、内地四島どこだって本物の日本なのですが、植民地育ちの私には、京都と奈良は、憧れの古都でした。

その京都の高等学校に入って、得意だったのですが、その得意も、母が倒れたあの年まででした。

元気な母に接したのも、あの年まで。あのとき私は、学校を休んで母と共に東京へ行ったのですが、最後まで母と一緒にいるわけにも行かず、母と別れて京都に戻ったのでした。母は帰りはもう京都には寄らずに、新義州へ直行しました。その後まもなく母は倒れたのですが、冬休みに帰省したときの母は、意識はしっかりしていて、言葉もつれてはいませんでした。けれども、二度目の発作に襲われたら、危ないのではないか。医者の倅でも私には、母の病気についての知識はありません。しかし、そう思っていました。母もそう思っていたのです。冬休みが終わりに近づき、私は京都に戻ることになり、

「じゃ、お母さん、僕京都へ行くよ」

と私が言うと、

「もう高麗雄とは会えないね」

と言って、母は泣きました。

「なにを言ってるのお母さん、春休みにまた会えるじゃないの」

そう言いながら、しかし私も、母が言うように、もうこれきり会えないことになるかもしれないのだと思いました。もし春休みまでに、母に二度目の発作が来たら、母の言葉通りになる。母もそう思い、そして、そうなりそうな気がしていて、もう会えないね、と言って泣いたのです。私も、春休みにまた会えるじゃないの、と言いながら泣きました。

母の予感、それは私の思いたくない懸念でしたが、当たりました。春休みまでもたず、三学期の期末試験の直前に、母が二度目の発作を起こしたと知らせて来ました。私はとにかく新義州に帰ることにしました。

これで落第は必至です。もう挽回はできません。落第すれば在学中に軍隊にとられることになる。けれどもそういうことは、もうどうしようもないことです。そう思っていたら、それより古山は放校になるのではないか、という噂が耳に入りました。出席日数の不足だけでも、古山は進級できない。その上、古山ぐらい成績劣等の生徒はこれまでにいなくて、一年目からそういう理由で進級できない生徒は放校になる、というのです。いや、そういう放校はこの学校にはない。現に各学年に二年ずつ在籍して六年がかりで卒業した先輩たちが何人もいるではないか、と言う級友もいましたが、これも実際にはどうであったか、わかりません。そういうことを言われる前に、私は退学届を出してしまったからです。

終始、私は優柔不断でした。出世を拒み、教育を否定しながら、エリートコースへの未練にひきずられていたのですから。けれども、やっとふんぎりのついた気持になりました。それこそもう、これからどうなろうと、なるようになればいいと思いました。

そう思いながら、なお未練にひきずられていたとも言えるのですが、とにかく落第はいっそう必至になったのでした。

仙台の二高の入試に落ちたとき、落胆する母に、一年や二年、入学や卒業がおくれたからといって、たいした問題じゃないじゃない、人生は長いのだから、と言って、セリフが逆だね、と言われたことがありました。普通は、落第した子供に親がそう言って激励するのよ、それを落第した本人が言って、親を慰めている、と母は笑いました。けれども、母の人生はもう終わりかけていたし、私の人生も、あの時代のことですから、結果的には私は長生きしていますが、運が悪ければ二十代で終わっていたかもしれないのです。

母が二度目の発作に襲われたのは、大東亜戦争の始まった年の二月です。あの年の暮に帝国海軍が真珠湾を攻撃したのです。行く先、アメリカとの戦争が始まるなどとは思わず、私は、生家へ帰りました。四十時間の旅をして。カチンカチンに凍っている新義州へ着いたのは、夜でした。新義州の建物は、小学校の一棟や二階から上はホテルだったステーションは三階建でしたが、二階建と平屋ばかり、低い軒並の小さな街で、だから空が大きくて、空気が澄んでいて、星空のみごとなところでした。降るような星空と言いますが、大きな空一面に星の輝く夜空を見上げながら、駅から常盤町九丁目の生家まで、人力車を走らせました。

満洲の安東では、人力車を洋車《ヤンチョ》と言っていましたが、新義州では、人力車と言っていました。

冬休みに、もう高麗雄とは会えないね、と言って泣いた母と、春休みではなく、とにかく会うことはできました。しかし、もう物も言えない状態になっていました。身動きもできずに、ベッドで仰向けになっている。物が言えないだけではなく、物を思う能力も失っているかのようでした。そんな体になった母の脳裏に去来するものは、どういうものだったのでしょうか。

そんな母の枕頭にいて、私にできることは、手を握って母が元気だったころのことを、あれこれ思うことだけです。

それでなくても成績劣等の私が、試験勉強もせずに期末試験に臨んでも、結果は知れているのですが、何日か私は、話もできない母の枕頭にいて、期末試験が始まる前日までにいったん京都に帰りました。

やはり、三学期も、ビリから一番の答案しか書けず、私は教務課に退学届を出しに行きました。

それで、私の得意は終わりました。三高には、わずか一年間在籍しただけでしたが、私は学校を辞めて、東京へもどり、無為徒食の生活を始めました。

私があのころ、支那事変に反発していたのは事実です。そして、この国では、出世してはいけないのだ、と思ったことも、したがって、この国では、転落するしかないのだ、と思ったことも、事実です。けれども、だから、退学届を出して学校を辞めたのだ、と言うと嘘になります。いい格好になってしまいます。出世してはいけないのだ、と思いながら、出世に未練があり、いい格好し、を棄て切れず、学生の分際で遊廓に行くようになったのも、必ずしも転落こそわが正しい生き方と思ってのことからだったのではありません。相手が娼婦であれ、私は女を求めたのです。

この国では、転落するしかないのだ、という思いは、私を、宮川町に行き易くしましたが、転落すべく宮川町へ通ったと言うと、嘘になり、ええ格好し、になるのです。

結局、私は女を抱きたくて遊廓へ行ったのであり、それが成績劣等につながり、転落につながったのです。

私は自分の矛盾を非難しながら、矛盾の中にいたかった。しかし、運の神様は、私をそんな勝手な、好都合の場所に置いてはくれなかったということでしょう。学校が私をクビにしたかどうかは、例の架空の話でわかりませんが、運が私をクビにした。もし、学校が私をクビにしたとしても、それも運がしたのだとも言えるでしょうが、とにかく私は、三高を退学しました。母が発病し、悲しい思いをしながら、しかし、私は宮川町へ行っていました。さらに私は、橋本の廓にも足を伸ばしました。谷崎潤一郎の「蘆刈」に出ている橋本の廓です。宮川町にも、馴染みの娼妓がいたのですが、今はもう源氏名も本名も憶えていません。橋本でも一人親しくなった妓がいましたが、その妓のいた見世の名も、彼女の源氏名も本名も、今はもう憶えていない。けれども橋本の妓については、昭和四十九年に書いた「名無しの権子の思い出」という短篇に書いていますが、二十七年も前にあの小説を書いたときには、すでに名前を忘れていて、だから名無しの権子という名にしたのでした。

ただし、宮川町の馴染みの妓とは、好いたり好かれたりはなく、私は何人もいる馴染みの甘っちょろい客の一人であったのでしょう。けれども、橋本の名無しの権子ちゃんからは、何回か通ううちに、他の客より好かれていたような気がしています。

私が橋本の廓に通うようになったころ、母は二度目の発作に襲われたのでした。

やっと、名門と言われる第三高等学校に入りはしたものの、私は小説ばかり読んでいて、授業に欠席することが多く、夜は、娼妓を抱きに行くといったような日々を送っていたのでした。当時の大人たちの顰蹙《ひんしゅく》を買い、当時の社会からずり落ちたのは当然でしょう。

8

三学期の期末試験の直前に、私は京都にもどりました。

発作が再発すると母は、物の言えない病状になりました。物も言えず、話しかけてもおそらく母は、その言葉を理解することはできない。あの母の状態を、植物状態と言うのでしょうか。そんな病状になった母に、私はなんにもできない。ベッドに横たわり、虚ろな眼を天井に向けているだけで、話もできず、動く力もなくなっている母の痩せた手をそっと握って、悄然と物を思っているしかない。臨終まで、あとどれだけの時間がのこされているのかわかりませんが、私はそのときまで、母の手を握っていたかった。けれどもそんなわけにはいかない。母には通じなかったでしょうが、

「じゃ、僕、京都に行くよ、お母さん」

と私は言いました。

私が口にした言葉はそれだけでした。けれども私は、口には出さずに母と話しました。

もう終わりだね。古山の栄華はもうありません。僕の得意も終わりました。母は、私の転落を知るのを拒むかのように、その直前に、もう、多分、物も思えない状態になったのでした。

もう物思うこともできなくなった母とも、これきり会えないのだ、と思いながら新義州駅に向かいました。泣きながら。

母は、京都の私の生活については何も知りません。多分、順調に出世コースを進んでいると思っていたのでしょう。けれども私は、ろくに授業に出ずに、小説を読んだり、映画を見たり、夜になると遊廓に足を運んでいたのでした。毎月、大阪の文楽座に人形浄瑠璃を聞きに行きました。夜行列車で東京へ行って、倉田博光や安岡章太郎たちと会い、歌舞伎を観て、また夜行列車で京都にもどる。神戸へ行って、何時間もぼんやりと海を見て過ごしたこともありました。私はそんな学生でした。

そのような私が、三学期だけ勉強して期末試験にのぞんだとしても、点数がとれるはずはありません。まして、試験の直前に、新義州の生家に帰って、まったく試験勉強をしなかったのですから、三学期も私は成績は逆トッ（ビリ）で、落第が確定的になりました。

落第すれば、在学中に兵隊にとられることになるかもしれません。あるいは、徴兵検査を受けた結果、私のような体格の貧弱な者は、短期間入隊させられるだけで、もどされるかもしれない。国民皆兵といっても、いわゆる甲種合格の現役兵というのは、二年だったか三年だったか、みっちり兵役に就かせられるが、第一乙種だの第二乙種などにランクづけされた者は、教育召集という三カ月ぐらいの入隊をさせられて訓練を受けるだけで帰してもらえる。

もうこまかいことは忘れましたが、徴兵の国民皆兵のといっても、軍務への就かされ方は、人によって一様ではありません。兵士が歌っていた歌に、人の厭がる軍隊に志願で来るような馬鹿もいる、という文句のものがありましたが、厭でも体格がいいと、長期間軍務に就かせられる。満洲事変だの支那事変だのにまず駆り出されたのは、甲種合格の現役兵でしょう。ここにも人の運不運がありま す。

支那事変が拡大して、大東亜戦争になりますが、大東亜戦争でも、まず集められ、使われたのは、甲種合格の現役兵です。人間を甲だの乙だのにわけて、甲はガダルカナル島に送られて、大量に死にました。

敗戦後、わが国民は、二言目には人権と言うようになりましたが、戦前の日本には、人権などというものはありませんでした。国あっての国民、国民あっての国、昔も今も、そう言いますが、藩政時代も、明治維新以降も、日本は民主の国ではありませんでした。忠と孝が、人の倫理の基本として教育される。孝は肉親愛に基づく人間の自然な情ですが、忠は為政者が、為政者の受益のために、人の性向を利用し誘導して作り上げた道徳です。自分の国を護るための徴兵制だ、国民皆兵だと言われ、法律を作られ、違反するものは官憲に捕えられて罰せられるということになると、厭でも従わないわけには行きません。高位の軍人は政治家や実業家と共に、国民を国のためという名目で、実は自分のために、家畜並に使用しました。私の知る限り、軍隊ぐらい人間を家畜並にしてしまう組織はありません。貧しい農家の二男、三男の生活より、下士官の生活の方がいい、ということで人の厭がる軍隊に志願で入隊した人を、馬鹿とは言えません。しかし、国の為だ、天皇への忠義だ、国民なら当然だ、と言われても、人間を家畜と変わらないものにしてしまう組織は憂鬱な場所です。けれども、そこからのがれる術はありません。

ただ、運に恵まれれば、短期間の訓練だけですむ。運に恵まれない人は、たっぷり兵役を課せられ、あげくの果てに、家畜のように殺されて、護国の英霊だの、名誉の戦死だのと言われるのです。人は、いい体軀に恵まれたために、幸運から見放されたりするのです。

そういうことを、なんとも思わないどころか、国民ならそれが当然だと洗脳する指導者たちに反抗することはできません。人は、下士官になって満足している人もいる。職業軍人になって、出世を生甲斐にしている人もいる。軍人の下級の者へのいばりようを思い出すと、とてもわが国に恥の文化などというものがあるとは思えません。実は軍人などになりたくなく、だから軍人の学校に行かなかった学生が、入隊すると幹部候補生の試験を受けて、いわゆる幹候上がりの将校になりたがる。人は少しでも上の階級の者になりたがり、少しでも多くの給料をもらいたがり、見栄を張りたがる。そういう将校を、陸軍士官学校や海軍兵学校出の将校は、幹候将校だと言って見下している。まあ、人はさまざま、そしてさまざまでよい。私は、部長にはなれないが、せめて課長になろうと努力して課長になり、係長にいばっている人がいるからといって、非難したり、軽蔑したりする気にはなれない。あなたがそれを望むならば、そうしなさいと放置するだけです。ただし、私自身はそのような階級はほしくないと思っていましたが、軍隊というのは、私には最低最悪の組織です。

いずれは、そこに強制連行されるものだとしても、学校を卒業してから、できるだけ短期のものであってほしい、と夢想していましたが、私の夢想はいち早く崩れかけていました。私の落第が確実だと思えたからでもありましたが、ひとつには、私の甘っちょろい夢想など、もはや通用しない時勢になっていたのです。

アメリカとの戦争が始まると、学生の徴兵猶予の特典が、まず文科から廃止になります。文科でも、師範学校は廃止がおくれましたが、師範の猶予も理科の猶予も後に廃止になります。国としては、文科だの師範だの理科だのと言っていられない。下級将校を量産しなければならない。壮丁も甲だの乙だのと言っていられない。兵士の量も大増しなければならない。そういう状勢になるのです。ですからもし私が、昭和十六年の春に三高を退学しなかったとしても、私は在学中に軍隊にとられたはずです。またかりに、あのとき落第しなかったとしても、繰上げ卒業で私は軍隊にとられたはずです。

今、アフガニスタンでは、十五歳の少年が銃を持ち戦闘に参加しているとか。しかし、わが国も、大東亜戦争では、学生が軍隊にとられました。

ところで私は、十六年の三月に三高を退学して、一年半ほど東京で無為徒食の日々を送っていたのです。あのころはまだヒッピーという言葉はありませんでした。しかし、私は、今で言えばヒッピー、当時の言葉で言えばルンペンをやっていたのです。そのルンペンの私に、あれはあの年の九月だったと思いますが、十月一日召集日の令状が来ました。そのとき私は、今はソウルという名の朝鮮京城にいて、毎日、京城医専附属病院に入院していた三歳違いの妹の千鶴子の病室に、見舞いに通っていたのでした。千鶴子は肺結核で、もう治癒の見込みはないと診断されていました。発病時は新義州の自宅で父の治療を受けていたのですが好転せず、父は千鶴子を京城医専の附属病院に入院させたのでした。

母は最後まで父の治療を受けて死にましたが、重症の肉親の病気は、他に任せた方がいい、と父は考えて、妹を京城の医専病院に入院させたのでした。医者は、肉親には、つい希望をもち過ぎて、的確な診断、処方を見失いがちになると父は考えたのです。妹の結核が他の子供たちに感染するのを懸念したということもあるのかもしれませんが、新義州から特急列車で九時間もかかる街の病室にいて、千鶴子は寂しかっただろうと思います。

あの年、新義州の生家にいたのは、父と姉と六歳下の弟と九歳下の末の妹でした。

姉は軍医のもとに嫁いでいたのですが、夫が北支に出征中で、実家に帰って母の看病をしていたのでしたが、母の死後は、あの家で母の代役を務めていました。会計、薬剤師、看護婦たち、女中、炊事や車夫、ボイラーマン、掃除の四人の支那人従業員に毎月給料を渡さなければなりません。その他いろいろ支払わなければならないものがあったでしょう。その出納。経理のことの他にも、母に代わってしなければならないことが、いろいろとあったはずです。父は母の死後、しばらく腑抜けになっていましたが、千鶴子が京城の病院に入院したころにはかなり立ち直っていて、父と姉とは、新義州から京城の千鶴子の病室へ代わる代わる出かけてはいました。けれども、一人の見舞客もなく、千鶴子が病室で過ごした日も少なくはなかったのです。

母の死後、父は病院を閉じて、内地に引き揚げることにしていました。千鶴子は、十八年の正月を迎えることができるかどうか、と言われていたほどの重症だったのですが、父は内地へ引き揚げて、千鶴子を内地の病院に移すことにしていました。絶望的だとは言いながら、父も私も、一縷《いちる》の恢復の望みを根拠もなく持っていたのです。しかし、それも夢想に終わりました。

私の召集令状は、私が父の学友の瀬戸病院に泊めてもらい、毎日、千鶴子を見舞いに病院通いをしていたとき、新義州の生家に届けられたのでした。姉が、その内容を京城の私に打電してくれました。そんなぐあいだったので、私はいわゆる赤紙と言われていた召集令状は携行せずに、京城から召集地の仙台に向かったのでした。

あのころは、赤紙が来ると、名誉の出征などと言って、当人は、赤い襷《たすき》などをかけて、見送りに集まった町内の人たちに、出征の挨拶などをしていたのでした。天皇の赤子《せきし》として恥ずかしくないご奉公をするつもりだ、などと言い、日の丸の小旗を持った見送りのバンザイの声に送られる。赤紙が来たからといって、なにが名誉ですか。強制連行されるからといって、なにがバンザイですか。大君に召されたただなんて。大君こと天皇陛下は、わしゃ召しとらん、側近の権力者たちが召したのを、わしが召したかたちにしとるんじゃ、と思っておられたでしょうが、そうは言えなかったのでありましょう。

それにしても、名誉の出征に、名誉の戦死。聖戦という言葉も使われました。聖戦は鬼畜米英にホリーウォーと訳されて嗤《わら》われましたが、アラヒトガミだとか、いざというときには大昔の蒙古襲来のときのように神風が吹く、なぜならわが国は神国だから、だとか。よくもまあ国の指導者があれほど次から次に、阿呆を阿呆と思わずに言い、国民もまた、その阿呆にあきれていた者まで、とにかく、権力者たちに追従したのです。

あれは、全体主義国家の国民としては、やむを得ない生き方であり、世界に冠たる大和民族の性癖でもあるのでしょう。世界に冠たる大和民族は、天皇を担ぐ権力者たちに押し付けられた言葉や考え方を否でも応でも、とにかく受け入れ、追従する者も、便乗して旗を振っている者も、みんな家畜になりました。

そういう人たちが、敗戦後、たちまちマゾの大集団かと思われるような、一斉の祖国讒謗《ざんぼう》の声を挙げるのですが、私は、三高を退学して赤紙が来るまでの一年半、昭和十六年の春から十七年の十月までは、親からの仕送りをたちまち娼家で費消し、ために食い詰め、しかし、なんとか生きてはいました。

十六年の三月、私は当然進級試験に落第しました。話にならない劣等の成績で、学校の出席日数もかなり足りない。情状酌量の余地のまったくない落第でした。あまりにも成績劣等で、しかも私のような反国家的な生徒は放校になるだろうと言われるようになったのは、前年の二学期でした。一年が終わって落第したとき、その噂のことがあったので、私は担任の伊吹武彦教授に、私の落第は普通の落第なのか、それとも放校の理由になる落第なのか。

伊吹教授は明確な返答をせずに、君のような人は、教育など受けない方がいいかもしれませんね。

そう言われて、やっと私は、三高への未練を断つことができました。

そうなんだ、これで決まった、と思い、翌日私は退学届を書いて教務課に提出しました。

そんなふうにして私は三高を辞めたので、もし、あのとき退学届を出さなかったらどういうことになったか、わかりません。噂通りやはり放校になったのか、在学中に徴兵検査を受けることになったのか。三高という学校は、開校以来、成績劣等の理由で生徒を退学させた例はない。もし私が十六年の三月に退学届を提出しなかったら、在学中に召集ということになっただろう、と言う先輩や級友もいるが、実際には、私は退学届を出したので、そんなことは、答えの出ない推測の話になってしまった。

私は、私の転落を兄と姉には話したが、母が植物人間状態の寝たきりになり、つらい思いをしている父には話せなかった。兄も姉も、今は何も言うな、と言った。あの年のことも私の記憶は曖昧だ。私は、学校を辞めなければ春休みの時期の三月下旬、まず東京へ行って部屋を借り、東京から新義州に帰って一週間か十日ぐらいいて、再び東京に出たのであったか。新義州に帰る前には東京に行かず、まず京都から新義州へ帰った後、東京に出たのであったか。それとも、あの春は新義州へは帰らなかったものやら。その順序が思い出せません。

私の記憶にのこっているのは、三高を辞めた後、さてこれからどうすればいいのか、私にはまるで方針も方策もなかったこと。再びどこかの学校に入って学生をやる気持はもはやありませんでした。さりとて職に就く気持もない。そういう人間は、結局、無為徒食のルンペンになるしかない。だが、ルンペンだって、いつまで続けられるものやら。もう私には何もありません。三高に在学中の私は、芝居の脚本書きになりたいという気持を少しばかり持っていました。けれども、なれると思ってはいませんでした。この日本で、私は何になればいいのでしょうか。何になれるのでしょうか。わかりません。私には、なりたいものもないし、なれるものもない。あるのは、その日暮らしと、空想だけです。実現しないものを空想して時を過すばかり。あのころ、私に夢があったとすれば、理想の恋人と結ばれ、愛し、愛されることです。転落した私、反国家、反国策の私、そんな私がこの国で通用するわけはないのに、わたしはわかっている、と言って迎えてくれる女。かりにそういう女性がどこかにいるとしても、彼女と出会い結ばれるなんてことは、千に一つ、万に一つしかあり得ないのですが、その千に一つ、万に一つを、白馬に乗った王子さまが迎えに来ることを夢想する少女のように思っていて、それは結局、たあいのない空想で終わるわけですが、そんな空想をしていました。

この国のエリートコースから落ちこぼれてルンペンになったとは言え、私の場合は、母に代わってわが家をとりしきっていた長姉が、従来通り仕送りをしてくれる。その仕送りをたちまち娼家通いで費消して、その後はろくに飯も食えないような生活をしている。私はそういう若者でした。そういうのは、本当の貧乏ではない。世間の常識からすれば、無計画で勝手な生活をして、食い詰めているということなのです。

けれども私は、三高を退学してから、召集されるまでの間、牛込でも、柳橋でも、浅草でも、新宿でも、しばしば食い詰めたことを憶えています。

最愛の母が、いつ息をひきとるかわからない重い病いの床に就いているというのに、私は金の都合がつくかぎり、娼家に通いました。

十六年の二月、私は、物も言わずに寝たきりの母の手を握り、悲しい思いで京都にもどりましたが、その足で橋本の遊廓に通いました。橋本でなじみになった妓、もう名前を忘れたので、名無しの権子ちゃんと言っている妓も、東京でルンペンになって通った玉の井の勝子も、あたしだけはわかっている、とは言ってくれませんでしたし、当時の言葉で言えば、非国民の私のことがわかるとは思えない女性でしたが、権子も勝子も、私には好ましい性質の人でした。

だからと言って私は、友人倉田博光のように同棲したいなどとは思わず、またかりにそう思ったとしても、権子も勝子も前借にしばられていて、私が自由にしてやれるような境遇の妓ではありませんでしたので、私はなじみになっただけで、権子とは私が京都を離れたために行かなくなり、勝子のところにも、私が浅草から新宿に居を変えたために行かなくなりました。

橋本の権子ちゃんには、これから東京へ行って暮らすので、せっかく親しくなったけどもう来られないよ、と言うと、東京の住所を教えてほしい、手紙を出すから、と言われました。それで、東京に出て柳橋で間借りをしていたとき、はがきで住所を知らせました。すると本当に彼女から何回か手紙が来ました。

会いたいとか、淋しいだとか、誤字脱字だらけの恋文に似た手紙でした。しかし、やがて手紙も来なくなりました。

玉の井の勝子には、もうすぐ召集令状が来るから、もう来られない、と十七年の夏、実際に召集令状が来た数カ月前にそう言って、通うのをやめました。私は十六年の春に東京にもどって来ると、まず、牛込横寺町で、安アパートの一室を借りて、一カ月だったか二カ月だったかを過ごして、そこから柳橋に貸間を見つけて、柳橋では半年余り過ごしました。

戦前の東京では、間借りをするのに、不動産屋さんに周旋をたのまなくてもいい。街を歩いていると、貸間あり、と書かれた貼紙や吊した板が目につく。その家に直接交渉したら、部屋を貸してくれたものです。

柳橋の部屋も、貼紙を見て借りたのですが、なにか、倉庫を改造でもしたかのような造りの三階建の木造アパートでした。一階の入口の横に、管理人の夫婦の部屋があり、一階には貸室はない。二階に、八畳と六畳と六畳と四畳半。三階に六畳が二室、そのうち一室は、人は住んでいなくて、物置に使われていました。

たまたま空いていて、私は最も部屋代の安い四畳半を借りました。六畳には、浅草の芝居小屋で役者をしている人が入っており、もう一室の六畳の住人は、職業素姓不明の人でした。八畳には、株で失敗して零落したという老夫婦が住んでいましたが、この老夫婦の、旦那の方が神経質でうるさい。私は四畳半に、夜具と行李一つと、机の代わりにリンゴの入っていた木箱を一つと火鉢を一つ持ち込んでいました。私の持ち物はそれだけです。火鉢はあっても、炭はない。炭がないから書き損じた原稿用紙をねじって燃やしたりする。すると八畳の老夫妻が文句を言いに来るのでした。紙の燃える匂いが臭い。炭代わりの書き損じの原稿用紙で、さつま芋を焼いてみたことがありましたが、早速老夫妻が文句をつけに来ました。芋の焼ける匂いが臭い、やめてくれ。

三階の一室に住んでいたのは、お妾さんだとかで、三十代の美人でした。

あの風変わりのアパートには、アパートの名はありませんでした。管理人は海老沢という人でしたので、郵便は、海老沢方ということで配達されます。閉口したのは夜な夜な襲って来る南京虫の大群でした。戦前の東京の下町には、夥《おびただ》しい南京虫がいて、夜電気を消すと、それとばかり、何百匹ものそれが、ゾロゾロとやって来る。電灯をつけると虫は、蒲団の皺などに逃げ込んで動きを止め、暗くするとまた活動を再開する。

今の東京の下町に南京虫がいなくなったのは、大東亜戦争の東京大空襲で焼かれたわけでしょう。

寝たきりの母が息をひきとったのは、昭和十六年の七月でした。そのころ私は何日もつづけて部屋を空け、公園のベンチで夜を明かしたりしていたので、母の死を知るのが遅れました。

9

私の転落は、東京の友人、安岡章太郎や倉田博光には、鴨の味であったろう、と思います。だが、私自身は、もちろん、鴨もない、蜜もない、他人の思いを忖度《そんたく》して、それをとやかく思う余裕などない。自分の今後をどう考えればいいのか、まったくわからない。八方塞りです。出口なし、です。この国で偉くなってはいけないのに、エリートコースにいる矛盾だけは解決したわけですが、では今後、私はどのように生きて行けばいいのでしょうか。

三高を辞めたまではいいが、さて私には、これからのあても、目算も何もありません。どこか別の学校に入り直す気など、さらさらありませんし、最低食えるだけの職に就くこともできない。といって無為徒食で、いつまでもやって行くこともできない。いったい私はどういうことになるのか。

相変わらず私は、空想しては気を紛らしていました。空想は一時気を紛らすだけのものだと知ってのうえの空想です。性質のいい女性と愛しあい、世間の白い眼にも耐え、貧乏にもめげず生きて行く空想。しかし、もちろん、そんな少女が白馬にまたがった星の王子を夢みるような他愛のない甘い空想は空想でしかない。箱屋になろうと空想したこともありましたが、もちろん実際にはなれるわけがない。人力車夫になった夢を見たことがありました。私は体質虚弱で、体力が必要な仕事はできません。けれども、夢ですからなれたのですね。ところが、客は中学の同級生で、私の背中を蹴り、もっと速く走れと言う。老舎の「駱駝祥子《ロウトウシャンズ》」のイメージや、朝鮮・満洲でふんぞり返っていた日本人批判などが私の中にあって、あんな夢を見たのでしょう。

現実には、私にやれることは、なにひとつありません。軽演劇の脚本書きになりたいと思っても、劇場にコネもなく、また私にはそんな才能はない。軽演劇がダメなら、漫才の台本書きになれないものだろうか、と思ったこともありましたが、もちろんこれも空想です。実際にはなれるわけがないのでした。

　だから、それができるうちは、無為徒食の暮らしを続けました。私のような者を、あのころは、ルンペンと言ったわけでしょう。職を求めて、職のない失業者ではなく、私はできることがないので、就職を断念している失業者です。

　母が倒れて、私の生家には夫が出征中の長姉が来ていて、母の代わりに病院の経営にたずさわっていたのですが、姉が私への仕送りも、母に代わってしてくれました。三高をやめて、東京へ来てルンペンになっても、三高在学中と同額、月に八十円送ってもらいました。

　私は三高を退学して東京へ来ると、はじめ牛込で間借りをして、そこから柳橋へ移ったことを前回書きましたが、柳橋でも、そのあと移った浅草の入谷町でも、毎月八十円送ってもらっていました。あのころの八十円という金は、東京帝国大学の卒業生が、一流企業と言われる会社に勤めてもらう初任給ぐらいの金額であったようですが、その仕送りを私は一週間か十日ぐらいで使い、そのあとは食い詰めました。仕送りの大半は、娼家で費消する。

柳橋の四畳半に住んでいたときは、薬研堀《やげんぼり》の紅薔薇という屋号のコーヒー店に、毎日、一杯二円の闇コーヒーを飲みに行く。あのころ、昭和十六年の東京は、四月から米は配給通帳制・外食券制というのになった。横浜、名古屋、京都、大阪、神戸も東京と同じく、まず米が配給制になり、ついで木炭や酒も、通帳制だの切符制だのというのになり、次々に品目がふえてゆく。タバコも砂糖やマッチも、食用油も、塩、味噌、醬油も、それは食料品だけでなく、衣類にもおよんだ。

まず、大都市に、いわゆる〝物のない〟時代が来た。

それでも、無論、酒を飲み続け、ふんだんに菓子を食べていた人もいたわけですが、そういうことができた人は、私たちには特別な環境にいた人で、私は、物が少なくなり、自由に手に入れることができなくなり、そのとき、物が買えれば幸運だとしか思えない時流の深まりを感じていました。

主食の米や、家庭に必要の塩や砂糖や食用油などまでが、入手しにくい時世になっていたわけで、コーヒーなど別になくてもいいような世の中になっていたのです。コーヒー豆が入って来ないので、閉店がふえました。休業日がふえました。代用コーヒーと言って、大豆を煎ってこがして、その粉で出した、色の黒いところだけコーヒーに似た飲物を売っていたコーヒー店も、やがて、その大豆も入手が難しくなったようです。運よく、少量のコーヒーが手に入っても、砂糖はないし、ミルクもないし、第一、少量では商売にならない。コーヒー店だけでなく、おしるこ屋も、トンカツ屋も、従来のような商いはできなくなって来ていたのです。

そんな世の中になって来ていても、できるところまでは、自分流を押し通す人がいる。紅薔薇コーヒー店の店主は、福田さんという方でしたが、福田さんは、あの本物のコーヒーを飲めなくなって来ていた東京で、本物を売っていました。目先が利く人なのか、偶然なのか知りませんが、代用コーヒー時代になる前に、福田さんは多量にコーヒー豆を買いこんでいました。その倉庫を見せてもらったことがありましたが、たとい支那事変がまだまだ終わらず、物資不足の世の中が続こうとも、私のようなブラックを好む客相手なら、この先何年も店を閉じなくてすみそうに思われました。

ただし、私のような文無しの客では、やって行けない。私は牛込から柳橋に引っ越して来て、薬研堀を散歩していて、ふと福田さんの店に入ったのですが、小さな雑然とした店でした。樽を立てて卓子にしている。腰掛も何かの小さな樽であったような気がします。窓際の席に腰をおろすと、奥で立働いていた福田さんが注文をとりに来たので、普通の、と言って作ってもらったが、福田さんは、私がそれを飲みおえるのを待っていたかのように、私のところへ来て、

「お味いかがです？」

と言った。

「うまくなかった」

と私が言うと福田さんは、

「じゃ、これはどうでしょう、飲んでみてください」

と言って、新たに持って来たのです。

「うまくないね」

「じゃ、これならどうでしょう」

福田さんは三杯目を持って来ました。最初の二つに較べると、三つ目は格段にうまかった。

「これはうまいね」

と私が言うと、福田さんは、

「でしょう。お客さんはコーヒーの味のわかる方だ。ようがす、お客さんにはこれから、これを差し上げましょう」

と言うのです。

「テストしたんだな」

「すいません、お客さんにはそれぞれ好みがありますから。失礼しました。その代わり、と言っちゃなんですが、今日はお代はいただきません」

と福田さんは言い、その後は、私が行くと福田さんは、何も言わなくても、一杯二円の古山さんのコーヒーを出すようになりました。

今の価格にすれば、何千円になるのか知りませんが、私は、そんな高いコーヒーが毎日飲めるほど裕福なルンペンではありませんでした。未払いのコーヒー代がたまりました。それだのに、私は、用のない限り毎日紅薔薇へ行き、ボンヤリとすわっていました。

福田さんは、そんな私に、饒舌でした。福田さんは、あの薬研堀のあたりの生まれの江戸っ子で、江戸っ子ならではの話が多かった。歌舞伎の話、吉原や玉の井の話、お酉様や、下町の市《いち》の話などを、やや通めかして、いろいろ話しました。

江戸っ子はやはり、粋であり通でなくてはいけない、という思いが福田さんにはあったと思われます。スノブの粋ぶり通ぶりはみっともないけれど、日本人が自負できるものは、粋だの通だの、侘《わび》だの寂《さび》だの、そういうものを生み出した精神世界というのか芸術世界というのか、そういうところにあるのではないか、と思われます。

もちろん、そういうものは、田舎出身の生臭い若者である私たちには無縁なのです。そして、ぶる江戸っ子は、実際には側《はた》で見ていて、ばかばかしくなるのですが、日本の伝統芸能や伝統工芸などには、そのいいものが、知らず表われています。江戸の狂歌や川柳など、あれは大したもので、陸軍のイモ将軍の大演説に答えるには、狂歌か川柳しかない、だからどうだ、江戸趣味研究会というのをつくり、狂歌や川柳の心で生きて行こうじゃないか。そのために俺たち、みんな、隅田川畔に住もうじゃないか。あのころの私は、口先だけは威勢よく、そんなことを言っていたのです。

江戸趣味研究会といっても、実際に会をひらいて勉強したり研究したりするわけではない。みんなで隅田川畔に住む必要などない。これは、ふざけです。ところが、そりゃいい、とか、面白い、などということになり、あのころ、私の友人であった倉田博光、安岡章太郎、高山彪、そしてもちろん私も、安岡のいう〝悪い仲間〟はみんな隅田川畔に住んだのです。

私は柳橋ですが、安岡と倉田は、東京に家があるのに、安岡は築地の小田原町、倉田は浅草、鹿児島出身の高山は、築地のなんとかいう町。佐藤守雄は、佐藤も生家は東京にあったのですが、だから親が許さず、彼だけは青山に住んでいました。

そのうちに、紅薔薇が、私たちの集会所のようになりました。そこへ行けばいつも私がいる。佐藤も紅薔薇には来ました。誰がどれぐらい来たか、いつ誰が来て、いつ、そのあとどこへ行って何をしたのだったか、もういちいち憶えてはいませんが、安岡と倉田はよく来たような気がする。

コーヒーの値段の高いのが難点だが、私たちにはいい溜り場になりました。店主の福田さんも、私たち若者のグループに参入して、江戸っ子ぶりを見せる。客は常連ばかりで、あのあたりの商家の旦那や、何かのブローカーのような人だとかで、私と同じように毎日のように来ている顔馴染みがいました。三十代のブローカーのような人は、福田さんや相客に、声を押えず競馬の話や、吉原の娼妓や柳橋の芸者の話をする。ハめてどうだったのこうしたけれどフられたの、包茎の手術をしたらどうだったの——さてこれからどんなふうにやって行けばいいのか、目指すものもなく方策もなく、一杯のコーヒーで何時間もボケッとしている私の前で、福田さんや同伴の客に活発にしゃべる。紅薔薇はそんなコーヒー店で、福田さんは、倉田博光のコーヒーというのも、倉田と相談して決めていました。倉田のコーヒーは、一円でした。

　紅薔薇は、奥行はある程度あるが、間口の狭い三階建で、一階が店、二階が住居、三階がコーヒー豆の倉庫になっていました。家族は、上《かみ》さんと幼児と、老いた福田さんの母親の四人で、上さんはもと店に手伝いに来ていた女だが、子供ができてしまったので、上さんにしないわけにはいかなくなったのだ、と言っていました。最近の言葉で言えば、できちゃった婚というやつですが、あのころはそんな言葉はなかった。子を堕《おろ》すと、堕胎罪などと言って、罪になった。

　生まれた年月も、運です。戦前でも、無論、法を犯して胎児を堕した親もいないではなかったし、そのさらに昔には、水子にするなどという子殺しの習俗もあったわけですが、あの戦争中、自分が選んだわけではない所属が生死につながる人の運というものを、やたらに思い知らされたからか、祖母にまつわりついていた福田さんの幼児の姿を思い出すと、もしかしたら、子を堕せない戦前という時代のおかげで、あの子は生命を得たのかもしれないな、などと思ったりします。女の子でした。上さんは小柄でおとなしそうな人でした。福田さんのおふくろさんも、小柄な人でした。だがもちろん、福田さんのおふくろさんや上さんがどういう性格の人であったかまでは、私にはわかりません。ただし、福田さんとは、コーヒー屋と客との通りいっぺんの関係を越えた付合いになったと言えるでしょう。

南京虫の大群が襲って来る柳橋の私の四畳半と福田さんの紅薔薇とは、眼と鼻の距離です。福田さんは閉店後、ときどき私のところに、借金を取りに来ました。

ただし、何やら、遠慮しながらの緩い取立てでした。

とても買ってもらえるとは思えない、そして完成したためしのない芝居の脚本などを、あの四畳半で、リンゴかなにかが入っていた木箱を机にして書いていたりすると、

「コマさん」

と窓の下の往来から呼ぶのです。

窓をあけると、福田さんが二階の私を見上げて、

「コマさん、おみやげ」

と言って、コーヒーの粉の入った小さな紙袋を振るのです。

借金取りだな、と私は思います。案の定、雑談の間に福田さんは、

「少し払ってよ」

と遠慮がちに言うのです。

「ああ今度、仕送りが届いたら」

と、私は言うのですが、仕送りが届いても、少ししか払わない。代金を払って飲む日もあり、たまに多少は返済しましたが、私の借金はすぐに五十円ぐらいになってしまいます。

金が払えないのだから、行かなければいいのです。けれども、何日か行かないでいると、福田さんの方から様子を見に来て、顔を見せて下さいな、と言う。

結局、昭和十七年の正月に、私が柳橋から浅草の入谷町に引っ越すまで、紅

薔薇に通った。五十円であったか、六十円であったか、私は、紅薔薇の借金を踏み倒した。私が柳橋から浅草に移ったのも、つまりは追い出されたのです。部屋代が払えなくなっていました。四カ月分ぐらいの未払いがあり、それで出てほしいと言われたのです。当時、倉田博光が浅草入谷町の米屋の二階で、間借りをしていて、その米屋の主人が、町内の床屋の三階を紹介してくれたのでした。私は、米屋から借りたリヤカーを自分で曳いて引っ越しました。蒲団と、リンゴ箱と、火鉢と、行李が一つ。それが私の部屋にあったものの総てでしたから、リヤカーが一台あれば全部載ります。それだけしか持たぬ私には、床屋の三階の八畳は広過ぎて寒々しかったけれども、柳橋のように南京虫は出て来ませんでした。

大東亜戦争が始まったときは、柳橋にいて、紅薔薇でそのことを聞いたのだったと思います。あの戦争が始まった年の七月に、母は新義州で息を引き取りました。

母が死んだ日、私は自分の部屋へ帰らず、紅薔薇から横浜へ行って、山下公園で夜を明かしたのです。どうしてそういうことになったのか。港を見に行って、柳橋へもどるのが面倒になり、といって横浜で宿に泊まる金はなく、山下公園のベンチで寝ることにしたのです。高山彪と一緒だったと思います。

その翌日も、私は柳橋にもどりませんでした。詳細は憶えていませんが、そのころは倉田は、まだ浅草入谷町ではなく、新橋の烏森で間借りをしていて、私はその倉田の部屋へ行って、長時間眠ってしまったような気がしています。もう高山も死んだ、倉田も死んだ、佐藤守雄も死んだ。みんな死んで、あのころのあやふやな記憶を突き合わせてみることもできませんが、あのころの私は、何日も自分の部屋を空けて、宿泊賃不要のどこかで夜を明かして帰って来る、というような生活をしていたのです。

後で思えば、とてもまともな生活だとは言えません。そういう私は、世間からだけでなく、肉親からも、顰蹙《ひんしゅく》を買ったと思います。けれども私は自分を変えず、父を欺き、兄や姉を困惑させていたのでした。

姉は母に代わって、そのような私に仕送りを続けてくれたのですが、それを私は、あとのことを考えずに使って、すぐ無一文になる。そのときの気持のまま、公園で寝たりするので、所在がつかめなくなる。

母が死んだとき、姉はいち早くそれを私に伝えようとして電報を打ったが伝わらない。東京在住の兄が、そのために何度も柳橋の私の部屋に足を運んでくれたのですが、私は不在で行先不明です。そして兄が、もし、今日も私がつかまらなかったら、私にかまわず自分だけで帰る気だったというのですが、その最後の訪問で私をつかまえて、一緒に四十八時間の旅をして、新義州へ帰ったのでした。

兄と私が生家に着いたのは、母が死んだ日から五、六日たったころだったと思います。もう、葬式も野辺の送りも終わったあとでした。もう骨壺が私を待っていただけでした。

戦前は、今と違って、ドライアイスで遺体をもたせるなどということはなかったのですね。まして母の臨終は夏の暑い季節で、これ以上待つと腐乱するというギリギリの線まで待って、しかし、兄と私が到着しないので、待ち切れずに葬式も野辺の送りも済ましてしまった、というのでした。

母の遺体に別れを告げることはできませんでした。私のせいで兄も。もし、あの日私が、公園のベンチで夜を明かすようなことをしなかったら、あるいは次の日、まっすぐ柳橋に帰っていたら、戦前の、東京から新義州まで特急を乗り継いでも二昼夜かかる時代でも、夏の暑い季節でも、私は母の死顔に対面できたのに、と今でもときどき思います。

母が死ぬと父は、あれでも入院患者の回診などはしていたのでしょうが、一日中ベッドの上にいて、ぼんやりしていました。私が葬式に間に合わなかった理由など訊こうともしませんでした。何を思っていたのでしょうか。茫然とし、悄然としていました。

私は私で、三高をやめてから、死んでもいい、と思ったり、死んだ方がいい、と思ったり、死にたい、と思ったり、やはり死ぬのは怖いと思ったり、そんな思いの中で、右往左往していたのですが、しかし私は一応虚勢を張っていました。

私は、国や社会や、あるいは家庭にとっても、いない方がいい、と言えるような存在だったのです。けれども、この国では自分はそういう存在だと思ってみても、軍国にシッポを振ることはできない。一時的には他愛のない空想に逃げ込んで気を紛らすことはできても、現実抜きで生きて行くことはできない。現実は、八方塞りであり、出口なしである。なに、出世コースから転落したことはいいのだ、それは矛盾の解決であり、一つの答えなのだ。だが、そう思ってみても、現実は、出口なしです。私の夢想する女性は現われないし、かりにどこかにわが夢想の女性がいたとしても、めぐり合って結ばれるなどということは、千に一つ、万に一つもないのだ。にもかかわらず私は、架空の女との架空の生活にしょっちゅう逃げ込みました。

人は、なんとか食って行けさえすればそれでいい、としなきゃ、とも思いました。そう思いながら、毎月の仕送りは、一週間で使い果たす。一杯二円のコーヒーを飲み、借金をふやす。三度の飯も食えない貧乏、などと言いますが、私は自らそれを招き、もうオレはどうしようもないな、と憂鬱になっていました。

しかし、自分を変える気はなく、友人には突っ張ったことを言い続けていました。だが、独りになると、悄然としていました。これからオレはどうすりゃいいんだ？　自問しても答えは出て来ません。あのころの私は、人前では虚勢を張っていても、これからどうすればいいのか皆目わからず、紛らしにマッチ売りの少女のような空想を、それはマッチ売りの少女のような空想に過ぎないのだと思いながら繰り返し、答えは出ないと承知の自問を繰り返したりするばかりだったのですが、それでも時は過ぎて行きます。

それでも夜になると、元気になったのかな。玉の井の勝子の部屋に通うようになったのは、いつごろからだったのでしょうか。牛込から柳橋に引っ越して来てすぐだったような気がしますが、確かではありません。勝子の追憶も不確かなものが多いのです。たとえば、仕送りをたちまち費消してしまったあとも、間遠にはなったと思いますが、なんとか勝子に会いに行ったのです。その間遠の具合はどうだったのか、その金はどうしたのだったか、柳橋にいたときは、まだ多少は質草ものこっていたのでしょうか、そんなことが思い出せません。

ただ、玉の井という娼家街は、出方と呼ばれている娼妓が、呼び込み窓と言っていた小窓から顔を見せて、露地を通る客を呼ぶのですが、私があの街に行って勝子の窓から呼ばれたとき、彼女をアメリカ映画女優のジン・アーサーに似てるな、と思ったことを憶えています。ジン・アーサーというのは、西部劇映画などで活躍したちょっぴり世帯臭をたたえた女優でしたが、勝子が本当にジン・アーサーに似ていたと言えるかどうか。これも、私のマッチ売りの少女的な幻影であったかもしれません。

10

私が出会った芸妓や娼妓の名で、今も憶えているのは、玉の井の勝子だけです。

芸妓や娼妓の名に限らない、子供のころ一緒に遊んだ女の子の名を忘れている。十歳前後に、学芸会で妹になった女の子の名が思い出せない。横江清君の亡くなった妹さんの名は憶えている。照子、その下が君子で、末の順子さんは健在です。清君は私と同年で、照子さんは、私の死んだ妹の千鶴子と同級だった。有馬瑞穂君の妹さんの名も憶えている。今、大分県の杵築《きつき》市に住んでいる旧友の有馬君にも妹さんが二人いて、すぐ下の妹さんの名は皐《さつき》です。亡くなったと聞いている下の妹さんの名は忘れた。

旧友の妹さんの名は二、三憶えているのに、戦地から帰って来て、就職した職場で親しくなり、一時は結婚する気になった女性の名前が思い出せない。

橋本の廓の、私に手紙をくれたお女郎さんの名が思い出せない。勝子についても、苗字が思い出せない。当時、聞いたはずなのだけれど。

勝子は彼女の本名で、本名のまま出ていたのです。苗字は忘れても、私が勝子という名前を憶えているのは、彼女と出会って以来、私は彼女の見世にだけ行くようになったからであり、その名が勇しかったからだと思われます。勝子は、私と同年配でした。つまり大正の後半の生まれで、大正時代というのは、第一次世界大戦があって、私たちの親たちは、日清・日露の戦争のあと、青島攻略に成功して、勝った勝ったといい気になっていた時代です。それで彼女は勝子という名をつけられたのです。

大東亜戦争が終わるまで、わが国民にとっては、戦争は悪ではありませんでした。侵略は祖国の発展であり、戦争はとにかく勝たなければならないものでした。大東亜戦争は米英にはめられて、猫に立ち向かう窮鼠にさせられたところがありますが、あの時代の愚かな軍人だけでなく、彼らに牛耳られた国民には、中国侵略は国の発展であって、悪ではありませんでした。そういう思考に反発もあって、私は転落したのですから、勝子という名には、感慨があり、忘れえぬ理由の一つにもなったのではないか、と思われます。

しかし、勝子は、勝などという言葉に関係のない、のんきでさわやかな女性でした。父親は市電の運転手をしていたのですが、人をはねて、その事故以来頭がおかしくなり、それで勝子は、親のために前借してこの世界に入ったのだと言っていました。

玉の井の娼妓を案内する業者は出方と言うのですが、勝子の前借はいかほどで、年季は何年であったか、そういったことも聞いたはずですが、彼女の苗字と同様忘れました。八百円の前借で五年と聞いたような気もするし、六百円で四年と聞いたような気もしますが、確かではありません。いずれにしても、勝子の年季が明ける前に、私は兵隊にとられるのではないか。兵役を免れるようなことがあっても、私には、勝子の年季が明けるのを待ってまで、勝子と世帯を持ちたいとまでは思っていませんでした。そのくせ、請け出すほどの金はないが、将来、一緒に暮らせるようにでもなればいいね、しかし、そんなふうになるとは考えられないね、たとい兵隊にとられなくても、これから自分がどんなふうになるものやら、僕には見当もつかない、ここにだっていつ来られなくなるかわからない、そんなわけのわからないことを、私は勝子に言っていたのです。

あの状態の自分を人に説明することはできなかった。第一、自分のことが自分でわからない。私は自分の信じるものに向かって進んでいるわけではありませんでした。お前は我が強くて嫌なものを拒んで落ちこぼれただけの話さ。自分流の生き方をするために落ちこぼれたのではない、結果がこうなったというだけのことさ。そして、つらさを紛らすために、空想でしか考えられない女を空想の中で追い、現実には、話の通じない娼婦と話の通じる部分でだけ親しんでいるのだ。いろいろと自分を偽り、自己弁護しながら。くたばれ、この助平野郎。そう言われても、返す言葉もない。とにかく、流されるしかない。あのころ、私はそう思いながら日を過ごしていたような気がします。

勝子は、いくじのない私の駆け込み寺であったかもしれません。話の通じる部分で親しむだけの相手だとしても。そして私が、嫌な客ではない客の一人に過ぎなかったのだとしても。彼女の笑顔が、好きな男へのそれではなく、嫌な客ではない客の一人への笑顔に過ぎなかったにしても。私は、私に親しむ勝子の気持が、どういうものなのか、よくわかりませんでした。そこに恋愛と言えるようなものがあったのかどうか。私の方はどうだったのでしょうか。好きな女であったことは確かです。しかし、彼女の方では、その親しみようが、好きな男へのそれであるのかどうか、私には判断できない。ただ勝子に会う前に接した娼妓たちとはなかった交流が勝子とはあると感じるのですが、その感じるものも、もしかしたら私の自惚れではないかと思えて来るのです。

それを確かめることもないな、とも私は思いました。そのうちに終わるのだ。これでいいのだ。私は、玉の井のことと、勝子とのことを、「わたしの濹東綺譚」という題で「新潮45」という雑誌に書いたことがあります。旧帝国軍隊や、戦場を経験した世代の人が少なくなりました。戦前の遊廓や玉の井のような性産業地についても、そこを知る人は少なくなりました。江戸の吉原や京都の島原など有名な遊廓に関しては、資料文献も少なくはないのですが、玉の井のようなところに関しては、文献は多くはありません。廓については、郷土史などの編者も、詳しく盛ろうとはしない。なにせ、フーゾク産業は、お上にとって自慢にならないので、通り一ぺんの簡単な記述になりがちです。だから、多少でも資料になればという気持もあって、私は、「わたしの濹東綺譚」には、元玉の井の出方をしていた人たちから聞いたことを、書きました。

＊本作品は、幼時から戦争体験を経て戦後までの記憶をたどるという構想のもと、月刊『草思』（小社刊）に二〇〇一年の六月号から連載されたものです。二十四回に渡って掲載される予定でしたが、著者急逝により、第九回（二〇〇二年二月号）で終了しました。本書「10」は、連載第十回の原稿として用意されていた原稿ですが、この後つづけて、「私は『真吾の恋人』と題する私小説も書いていますが、」とまで書かれたところで絶筆となりました。

（編集部）

解説
破天荒な文学的半生記

佐伯彰一

古山高麗雄さんが亡くなられて、もう丸二年、つい先ごろ命日（三月十一日）も過ぎたかと思うと、フシギなような、はかないような、何とも複雑な感慨が湧き上ってきて止まない。

というのも、当方とはほんの二歳違いの全くの同世代人、しかしその経歴、体験には、「天地霄壌《しょうじょう》の」などと言い出すと古風すぎるが、何とも比べようもない程の格差が存在する。

二十歳前後で太平洋戦争と遭遇という所までは、たしかに「同世代」ながら、その後の体験が、文字通り「天と地」ほどの違いがあるのだ。あの頃同年輩の若者は、ほとんど誰しも「軍隊入り」――いわゆる「兵隊に取られる」という運命が待ち受けていることを自覚せずにいられず、何とか一日でも「その日が遅からんことを」と願ったのが、おそらく大半の若者たちの正直な実感だったろう。私などは、日米開戦という年に大学に入って、「英文科」を選択という、今からふり返ってみると、あきれる他ない程のトンマ人間ながら、思いがけないめぐり合せで、まさしくそのために、一たん海軍士官になりながら、終始内地勤務という幸運ぶりであった。

ところが、私よりほんの二歳年上という古山さんは、高校入試で苦労して、いわゆる「浪人」のあと京都の三高という、いわば第一級の名門高校に合格しながら、なんと丸一年の在学で、じつにアッサリとあっけない程の「あきらめ」のよさで、退学してしまった。改めて、高校また大学予科に入り直すのは、まず不可能とはいわないまでも、相当困難だった筈で、常識的に考えれば、そのまま在学、留年して、頑張り直せば、そのまま名門高校生としてやっていけた。私自身旧制高校生だったのでよく判るが、当時「落第」は、さほどの不名誉ではなくて、三年間の高校生活中に、「二度落第」という学生も珍しくはなかった。

学校を出れば、すぐ「営門」、つまり軍隊入りが待ち構えているという当時、ただの一度の「落第」で、あっさりと「退学」なんて、ほとんど信じ難いような非常識、反常識的な決心また行為という他ないのだ。それを古山さんは、しごく何気なく、あっさりとやってのけたものだ。フシギとでもいう他ない決心であり、行動であった。ところが、そうした、いわば「反常識」の非常識行動また決心のそもそもの動機、動因については、この「自伝」でも、しごくアッサリとしかふれられていない。「落第」ときまると、誰に相談するでもなく、あっさりと、即座に「退学届」を提出してしまうのだ。

もっとも、三高入学後、高校一年生としての古山さんの暮らしぶり、生活態度というものは、何とも放埒、だらしなさすぎるというか、お世辞にもほめられたものではない。古山さんの父親は、朝鮮半島もずっと北の果てに近い新義州の開業医であり、かなり裕福な暮らしぶりだったらしい。どうやら当時の高校生としては、高額すぎる程の仕送りを受けて、折あるごとに東京へ出かけたりするばかりか、いわゆる「芸妓遊び」、娼婦の街へ出向くのは、ほとんど日常的な生活コースの一部でもあったという模様だから、これには同世代人としても驚かずにいられない。もっとも、当時の「高校生」には、この種の豪傑は全く稀有という訳ではなく、私などの同級生にも、時折「芸妓買い」に出かけるという、私などより四、五歳年上の「豪傑」が存在して、クラスでも、いわば一目おかれて、特別扱いされていたものだ。

だから、三高生としての古山青年の生活ぶりも、非常識には違いないけれど、「例外」とまでは言えないのかも知れない。ただ彼の場合に見のがせないのは、いわゆる「悪い仲間」、東京の受験予備校で知り合い親しくなった「文学青年」仲間が幾人もあったことだ。三高入学以後も、彼らとの交友、つき合いは続いていた。古山氏の実家の「医院」としての裕福ぶりのせいで月々の仕送りも、高校生としては多すぎるほどの豊富さだった模様で、これが高校生としては考えられない程の彼の遊蕩ぶりを生み出し、支える有力な一因ともなっていたようである。そして、三高生としての京都暮らしの間も、ふと気が向くと、フラりと上京して、いわば「悪い仲間」との交遊を存分に楽しんでいたらしい。そして、語り合うばかりか、「娼婦の街」にも気軽に出向いて遊び続け、そのまま幾日間も京都に帰らずじまい、という。この仲間たちは、いわゆる文学青年、作家志望のグループで、同人誌は出していなかったようだが、とにかくグループそろって「作家になる」という夢に酔いしれていた模様であった。

日中戦争はすでに進行中であり、やがて間もなく「日米開戦」という時機に、よくもそうした余地、余裕がと不審がられそうな気もするが、古山さんより二歳年下とはいえ、当時の私自身、そうした文学少（青）年の一人に他ならず、同人雑誌に加えてもらって、校正やら雑誌編集の手伝いなどに、かなりの時間をさいていた。幸いほとんどが年齢もずっと上の同人仲間は、真面目な語学教師が多く、若い学生の私を「悪い遊び」に誘いこむような意欲もエネルギーも持ち合せていなかったというまでの話かも知れない。

ところが、古山氏の「悪い仲間」に共通する嗜好、いや敬愛の対象は、誰よりも永井荷風であった模様で、今からふり返るとフシギな気もするのだが、昭和十年代の中ごろから後半にかけて、永井荷風がきわめて広く愛読され、とくに彼の『濹東綺譚』などはひろく憧れの的とさえなっていた。私自身は、友人たちとせいぜい「浅草オペラ」をのぞきに出かける程度だったが、『綺譚』の舞台となった「玉の井」界隈あたりまで足をのばしたという仲間も少なくなかった。

古山さんの「悪い仲間」たちは、当時格別の荷風愛読、いや崇拝というのに近い心性の持主だったようで、げんにその一人で、早い時期に戦死してしまうこととなった友人は、文字通り荷風作品を地で行った。つまり玉の井界隈に通いつめ、「濹東」の女性と同棲、結婚にまでつき進んだりした。戦後かなりたってから、古山さんはこの文学仲間の愛人を探り当て、再会を果すといったいきさつを扱った作品を書かれたが、恐らくフィクション抜きの実話に違いなかった。

そういえば、古山さんは、いわば「戦争の語り部」とでもいうのか、ほぼ生涯一貫して、戦争とそれにかかわるテーマを追い続けられた、と言ってよい。

誰よりも軍隊大嫌い、出来れば脱走、脱国までもやりかねないぐらいだった古山さんとしては、何とも皮肉すぎるめぐり合せという他ない成行であったが、三高をあっさり「退学」してしまうと、後はやはり兵営の隊門しか行きどころはなく、入隊そして忽ち戦場送りとなって、以後苦難に満ちた戦場遍歴となり、ついにはビルマ奥地での無謀きわまる「大作戦」にまでかり出され、巻きこまれるに至ったいきさつは、古山さん生涯の文学的モニュメントともいうべき「戦記物三部作」を生み出した。同世代の人間たちの中でも、人一倍の軍隊嫌い、戦争大反対！　の古山さんの作家的生涯そのものが、フシギな成行の所産であったと、これはもう嘆息する他はないのだ。

古山さんのいわゆる出世作、作家的出発を画したのが、今のベトナム、当時のフランス領インドシナでの刑務所雑居房での生活体験を扱って芥川賞を受賞した『プレオー8の夜明け』（昭和四十五年）というのも、何ともフシギでアイロニカルな成行と呟かずにいられない。旧制高校——すでに戦時下、そして大戦争間近という時期のわが国で、おそらくまだ「自由」が残されていた高校生活にさえ耐え切れず、ほとんど自発的に脱落、退散の道をえらんだ古山さんが、やがて間もなく軍隊入り、そして各地を転戦、おそらくもっとも苛酷なビルマ作戦にまで巻きこまれるに至ったという成行自体、今からふり返ってみると、「運命のアイロニィ」などという通り言葉ではどうにも把《とら》え、表わし切れないものがある。また、一見頼りなく弱々しげで受身一方の人間と見えながら、じつは思いがけない程の耐久力、持続力、そして透徹し揺がぬ視力、観察力の持主でもあったというフシギさには改めて驚嘆せずにいられない。

生前の古山さんとは、文壇の会合やパーティで顔を合せる度に、挨拶をかわし、しばらく話しこむという程度のつき合いで、一見柔和な中に、シンの強靭さをうかがわせる人柄に、心惹かれるものを覚えながら、身近なおつき合いをする機会はついに恵まれぬままに終った。今ふり返ると、何とも残念という気はするものの、古山さんが戦記の連作の大仕事をまとめられた時期から、フシギと書評、紹介文を依頼されるというめぐり合せが生じた。当方としてはその都度同世代、同年輩としての通じ合い、親愛の思いをこめて書かせて頂いたつもりだったが、そうした思いは、幸い古山さんにも通じて、快く受けとって頂いた模様で、書評、論評その都度に心のこもったお便りを頂いた。

お互い閑暇も生じ、どこかで落合ってゆっくり話し合う機会も、その気になれば作れただろうに、ついにそうした機会は得られずに終った。しかし、今このどうやら「未完」に終った文学青年時代の回想は、文字通りの遺著、遺言ともいうべき作品で、彼のナマな地声が、そのままじかに伝わり、ひびいて来る思いを禁じ得ないのだ。君の志、痛切なその言い分に耳を傾ける読者は、必ずいてくれる。古山さんの霊よ、安んじて眠れ、と語りかけずにいられない。

（文芸評論家）

文庫版解説

元一等兵が、人生論風に

平山周吉

古山高麗雄はとっても大事なマイナー作家である。

昭和のあの戦争の時代を正確に思い描こうとする。その時に手がかりとなる「戦争文学」はたくさん書かれてきた。いまではもう入手が難しくなっている作品が多いが、現役作品の中から私なりに厳選してみると、古山高麗雄の作品は絶対に逸せない。火野葦平『麦と兵隊』、大岡昇平『俘虜記』、吉田満『戦艦大和ノ最期』と並べてきて、五本の指には必ず入る。入れねばならない。

いまなら小学館P+D BOOKSの『プレオー8の夜明け』という古山の「戦争文学短編集」が廉価で出ていて、表題作（芥川賞受賞作）以下十六編が収録されている。四十九歳の出遅れた処女作「墓地で」、亡き妹へ手紙体で綴った「蟻の自由」、軽い口語調で笑ってしまうしかない「今夜、死ぬ」といった短編は、いつまでも読み継がれていって欲しい名品である。最小限の背景知識さえ押さえられれば、何の苦もなく、ストンと今の読者にも届く戦争小説なのである。

本書『人生、しょせん運不運』は、その古山が八十歳で書き始め、八十一歳で亡くなったために未完となった遺作の自伝である。「長生きし過ぎました」といきなり始まるのが、いかにも古山らしい。二十一世紀となり、妻に先立たれたヤモメ老人が、「戦場から生還した人たちが、もうほとんど死んでいる」寥々の晩年から、大事な過去、不確かな過去をもう一度手繰り寄せて、人生論風に語りかけている。

タイトルの「人生、しょせん運不運」について、古山は「別にそんなふうに考えなくてもいい」と読者には押しつけない。それでも『人生、しょせん運不運』なのは、「私がすぐにそう思い、諦めたり、理不尽を納得したりするようになったのは、やはり、あの戦争で、自分の、そして、人の無力を思い知らされたから」である。

大正九年（一九二〇）に朝鮮の新義州で生まれた古山は旧制三高（現在の京都大学）を中退して、みずからエリート人生への道を閉ざす。大東亜戦争には一兵卒として狩り出され、五年間の軍隊生活、戦犯容疑者生活を過ごす。その古山が小説を書き始めるまでには二十五年間という長い熟成期間が必要だった。

古山高麗雄の芥川賞受賞は、時代的にいえば、『ある異常体験者の偏見』、『私の中の日本軍』で出現する山本七平（イザヤ・ベンダサン）、グアム島から帰還する横井さん（横井庄一陸軍軍曹）、ルバング島から帰還する小野田さん（小野田寛郎陸軍少尉）と前後する。高度成長の中で戦争を忘れかけていた日本人に、あの戦争はまだまだ過去にはなっていないと訴えかけてきた。古山の小説は声高ではなく、途切れ途切れで、聞き取りにくい声だった。リアリティーはその声の小ささ、低さから生じる。

古山の初期の小説で確認すると、古山一等兵が「人生、しょせん運不運」に到達するのは、デビュー四年後に書かれた「今夜、死ぬ」である。処女作「墓地で」では、「不測のことが起きるのが人生ということかもしれない」という一文がある。戦地のビルマで、憲兵が見せしめのために、軍刀を抜いて村人の首を斬る。村人に突然の死がふりかかる。芥川賞受賞作「プレオー8の夜明け」には、身長百八十センチもある春江という朝鮮人慰安婦が発した、たどたどしい言葉がある。「運たよ。慰安婦なるのも運た。兵隊さん、弾に当たるのも運た。みんな運た」。慰安婦の春江は「愉快そうに笑いながら」言う。「今夜、死ぬ」に至って、「それにしても、人間の生死は、運だなあ」と語り手の兵隊「おれ」はしみじみ述懐する。

「今夜、おれが死ぬということも、もしあのときおれの退院が、もう二週間なり三週間なり遅れていたとしたら、違ったものになっているのではないか。（略）ほんのちょっとしたことが原因になって、まわりまわって人がいい目に逢ったり、ひどい目に逢ったりするようなこと、なにも戦争や軍隊に限ったことじゃないだろうけど、戦争に来ると感じるなあ、人の命なんか、バカな大将のちょっとした気持ひとつで、バタバタ消えてしまう」

古山は小説を一作一作と書き進めていく過程で、「人生、しょせん運不運」を揺るがぬ信念として、わが物にしていったのであろう。古山文学を論じて、「氏の姿勢はすでに中学生のころからあまり変わっていない」と書いたのは文芸批評家時代の若き日の柄谷行人だった。柄谷の「自己放棄のかたち」（新鋭作家叢書『古山高麗雄集』の解説）は最も優れた古山高麗雄論であるが、その中で、古山の「一見ノンシャランな文体」にひそむ鋭敏な意識は、「他人にどう思われるかということに対しては全く働かないが、自己欺瞞に対しては苛酷なほどに働くような自意識である」と捉えている。

この苛酷な自意識は、自らの作品にも向けられていく。過去の自分の小説が孕んでいる自己欺瞞、曖昧、フィクション化の弱点を見逃さず、新たな検討が新しい作品を産んでいく。その繰り返しの綾を指摘したのが草森紳一の『記憶のちぎれ雲――我が半自伝』だった。草森は半自伝で、古山高麗雄の回想に五十ページを費やしている。そこには本書の読みどころ指南も含まれている。

「『人生、しょせん運不運』は、古山氏の死によって中断となった自伝である。その繰り返しの魅力の集大成でもある。話の説明上、どうしても繰り返しを承知で書かねばならず、とはいえ、やはり氏にとって書くわけにはいかなかったことが数々あって、この未完の作品には、それがチラチラと出てくるところが、処々にあって、なんとも至福なまでにスリリングである」
「古山高麗雄の小説は、すべからく記憶論であると、先号で述べたが、『人生、しょせん運不運』では、この世との別れの意識もあってか、これまでに想い出しても、あえて伏せていたものをもうよかろうという風に思い切って書いている」

傘寿を過ぎて初めて書けたこととして、草森が挙げるのは、旧制三高を退学する引き金になった担任教授（有名なフランス文学者）の固有名詞であったり、六人兄弟姉妹のうち、「母に一番可愛がられていたのが、私だった」と甘えるが如く書いたりする箇所である。その一方では、自分が中学で首席だったことは臆面もなく書けるのに、卒業式の答辞を譲った級友は実名でなくイニシャルとする。級友の「エゴを糾弾することになる『醜』を回避」するためである。

草森紳一は古山には三回しか会ったことがない。薄い縁である。なのになぜ古山に五十ページを費やしたか。それは「恩人」という縁を感じていたからであった。フリーの物書きになったばかりの二十代の草森はイラストレーターの真鍋博から、「芸術生活」副編集長に会いなさいと紹介を受ける。安岡章太郎の芥川賞受賞作「悪い仲間」のリーダー格「藤井高麗彦」のモデルだと。「でもとてもおとなしい人ですよ。お逢いした時に、どういう仕事を『芸術生活』でやりたいのか、おっしゃってください」と真鍋はアドバイスをくれた。「藤井高麗彦」は両脚を編集部の机にデーンとのっけて競馬新聞を開いていた。「古山です」という声は細く、ボソボソで、両脚を悪びれもせずにスーッと下へおろした。「ふてぶてしさに反して、メラメラと小さく、音もなく燃えあがるようなやさしさのある不思議な人」という感触を初対面の草森は持った。企画としては、アンリ・ルッソー、フランシス・ベーコン、ビートルズと三つも提出した。まず採用になったのはビートルズだった。他の二つの企画も後に実現する。古山がこの二十代の青年の顔をとっくに忘れてしまっていることを確認したのが、三回目の出逢いの時だった。

古山の随筆集『袖すりあうも』に、「虫明亜呂夢《むしあけあろむ》」という短い追悼文がある。それを読むと、古山は自分には編集者として売れるものをつくる才覚がないと自覚し、食っていけりゃいいが、「ただし、ちょっぴりいいことをしなきゃいかん」と自分に言い聞かせていた。「ちょっぴりいいこととは、才能ある人に誌面を提供する」だった。この方針は、「季刊藝術」編集長時代にも貫かれた。

先ほどの柄谷の古山論にこんな一節がある。「たまたま古山高麗雄という人物に接触したとき、暖かい空気に触れたように感じなかった者はおそらくいまいと私は思う。氏の孤独とはそういうものだ」。

『人生、しょせん運不運』には、その「暖かい空気」が満遍なくこもっている。どの部分を読んでも、乾燥したポカポカ感がある。古山のエッセイ集『編集者冥利の生活』（中公文庫）冒頭のエッセイ「人間万事塞翁が馬」から、「運不運」、もっといえば「不運」への古山の対し方を引いておこう。なにかの参考になるかもしれない。

「［私は］幸運だの不運だのということについては、大変疑い深い人間になってしまった。／私は不運だと思ったとき、めげないようにすればいいとだけ考えよう」

（雑文家）

＊本書は、二〇〇四年に当社より刊行された著作を文庫化したものです。

草思社文庫

人生、しょせん運不運

2021年2月8日　第1刷発行

著　者　古山高麗雄

発行者　藤田　博

発行所　株式会社 草思社

〒160-0022　東京都新宿区新宿1-10-1
電話　03(4580)7680(編集)
　　　03(4580)7676(営業)
　　　http://www.soshisha.com/

本文組版　有限会社 一企画

印刷所　中央精版印刷 株式会社

製本所　中央精版印刷 株式会社

本体表紙デザイン　間村俊一

ISBN978-4-7942-2498-9　Printed in Japan

草思社文庫既刊

保坂和志

人生を感じる時間

ただ、自分がここにいる。それでじゅうぶんじゃないか――。論じるのではなく、時間をかけて考えつづけること。人生と世界の風景がゆっくりと変わっていく随想集。**『途方に暮れて、人生論』改題**

保坂和志

いつまでも考える、ひたすら考える

大事なのは答えではなく、思考することに踏み止まる意志だ。繰り返される自問自答の中に立つことの意味を問い、模倣ではない自分自身を生きるための刺激的思考。**『「三十歳までなんか生きるな」と思っていた』改題**

勢古浩爾

結論で読む人生論

人は何のために生きているのか――老子、孔子、カント、トルストイ、漱石、アッラーなど賢者たちが説く〝人生論〟を一刀両断に読み解く。約五十通りの人生論がたどり着いた結論を一冊に凝縮した人生論批評。

草思社文庫既刊

谷川俊太郎
一時停止
自選散文1955—2010

詩人・谷川俊太郎の五十六年間にわたる、生活に関する文章を一冊にまとめた自選散文集。なにかと気忙しく、浮き足立っている近頃、このへんでちょっと一息ついて来し方を振り返ってみましょうか。

岡野薫子
猫がドアをノックする

子猫のホシは、ひとり、階段を昇ってやってくる。まるで、この私だけが頼りだというふうに——(本文より)。四世代にわたる猫の家族との生活をともにした著者が綴る不思議に満ち満ちた猫との日常。

岡野薫子
猫には猫の生き方がある

岡野家でともに暮らした猫たちの成長とぬくもり、そして別れをたどる物語。母猫コロとその息子たちを中心としたオムニバス方式。前作『猫がドアをノックする』の続編。猫たちの写真とイラスト多数掲載。

草思社文庫既刊

庭仕事の愉しみ

ヘルマン・ヘッセ　岡田朝雄＝訳

庭仕事とは魂を解放する瞑想である。草花や樹木が生命の秘密を教えてくれる。文豪ヘッセが庭仕事を通して学んだ「自然と人生」の叡知を、詩とエッセイに綴る。自筆の水彩画多数掲載。

人は成熟するにつれて若くなる

ヘルマン・ヘッセ　岡田朝雄＝訳

年をとっていることは、若いことと同じように美しく神聖な使命である（本文より）。老境に達した文豪ヘッセがたどりついた「老いる」ことの秘かな悦びと発見を綴る、最晩年の詩文集。

ヘッセの読書術

ヘルマン・ヘッセ　岡田朝雄＝訳

よい読者は誰でも本の愛好家である（本文より）。古今東西の書物を数万冊読破し、作家として大成したヘッセが教える、読書の楽しみ方とその意義。ヘッセの推奨する〈世界文学リスト〉付き。